社畜おっさん（35）だけど、『魔眼』が覚醒してしまった件
〜俺だけにしか視えないダンジョンで魔物を倒しまくってレベルUPし放題！
気づけば現実でも異世界でも最強になってました〜

フィーダ・バルベスト
『監視砦』の兵士長。病的なレベルで犬が好き。
廣《ヒロ》井《イ》 新《アラタ》
ひょんなことで『魔眼』を左目に宿してしまった社畜。ダンジョン探索や異世界の人々との交流、魔法少女や魔物との戦闘を経てどんどん強くなり、普通とは違う人生を送ることに。
レーネ・ロルナ
指揮官育成訓練を兼ねて『監視砦』に赴任してきた新米騎士。とても優秀だが、新人ゆえ経験が足りず、戦闘などで苦境に立たされることがある。
クロ
千年以上を生きる狼の魔物。とても強い。かつては神獣として崇められていた。
・主な登場人物・

魔法少女
ミラクルマキナ
巨大な戦槌『ガベル』を振り回す脳筋系魔法少女。ルーチェと共に夜の街で妖魔を狩って回っている。
ルーチェ
魔法少女ミラクルマキナの相棒。ただし非正規の派遣マスコットのため立場が弱い。
『死の連鎖《デスチェイン》』
クリプト
魔王直属『魔族連合』の一柱で不死族の長。

Contents

社畜おっさん(35)だけど、『魔眼』が覚醒してしまった件
〜俺だけにしか視えないダンジョンで魔物を倒しまくってレベルUPし放題! 気づけば現実でも異世界でも最強になってました〜

だいたいねむい

イラスト
片瀬ぼの

第1章　左目の異変から始まった

朝目覚めたら、左の視界が朱《あか》かった。

色だけじゃない。灼熱感《しゃくねつ》もある。まるで眼球の奥に炎が灯ったようだった。

「なんだこれ……」

ベッドの上でぼやいた。昨日の仕事終わりに課長につかまり、そのまま飲み屋に連行されたのを思い出す。課長の説教と武勇伝（若い頃ヤンチャしてたらしい）をしこたま聞かされ酒を飲まされ……そのあと酔いつぶれてしまったらしい。飲み屋から自宅のアパートまでどう戻ったのか記憶がない。いや……覚えていることもある。

たしか飲み屋街の路地裏で胃の中のモノを全部吐いて、通りすがりの親切な誰かに介抱《かいほう》された。そんな記憶がおぼろげに残っている。いや、俺と同じく酔いつぶれて倒れそうになっていた誰かを介抱したんだっけか。酔いすぎて、正直よく覚えていない。……その時に汚れた手で目を擦ってしまったのだろうか。

とはいえ今のところ左目が熱を持っているものの痛みはないし、眼病特有のゴロゴロとした異物感もない。片目の視界が赤いのでちょっと混乱するが……それだけだ。むしろ体調は昨日よりずっと良好だった。

課長と飲んだ次の朝は、毎回ひどい二日酔いに悩まされるはずなのに。とりあえずベッドから抜け出して、洗面所へ。で、鏡を見た。

「………」

ボサボサの寝ぐせ、起き抜けの無精ひげ。寝ぼけたオッサンの姿。

廣井新《ヒロイアラタ》、35歳。まごうことなき俺である。で、肝心の目なんだが。

朱く光っていた。充血とかじゃない。光っている。意味分かんねぇ。

「なんだこれ……」

明らかに、目に異常をきたしている。多分病気だろう。だけど目が光る病気なんて、見たことも聞いたこともない。ていうか、これ……まるで『魔眼』じゃん。漫画とかアニメに出てくる、アレだ。妖《あや》しく片目が光る35歳の社畜おっさん、爆誕。絵面《えづら》が最悪すぎる。こういうのは、せめて中二とかでなってほしかった……。

冗談はさておき、実際のところ割とシャレにならない。目の病気は放置すると危険なものが多い。ものもらいも結膜炎も、悪化すれば失明することだってあるはずだ。目が光っているのなら……最終的にどうなってしまうのか、見当もつかん。

そんなわけで急いで眼科を受診したいところだが、当分は無理だ。平日は仕事がある。朝7

G.U.Y

時半から夜23時まで、みっしりと。なお定時は朝9時から夕方18時の模様。弊社がブラックなのが悪いのだが、多分眼科が開いている時間に上がることができない。となれば、土日に診《み》てもらうしかないのだが……。

「ええと……今日が水曜日だから……」

少なくとも、3日くらいこのままってことか。これ以上悪化しないといいんだが。とはいえ、悩んでいても仕方ない。朝の時間はやたら早く過ぎてゆく。俺は急いで顔を洗い、髪を整え、よれよれのスーツに着替えた。それから部屋の棚から薬箱を引っ張り出す。この中に、以前ものもらいになった時に薬局で買った眼帯《がんたい》の余りが入っていたはずだ。

「お、あったあった」

目当てのモノを探り当て装着する。これが俺の、当面の社会的生命線《ライフライン》。

「と、時間だ」

ふと気づき時計を見れば、すでに6時を回っていた。会社まではドアツードアで1時間弱。今から出れば、十分間に合う時間だ。朝食はコンビニでゼリーでも買って駅のホームで一気飲みすればいいし。

「はあ……眼帯の追加、買ってこないとだな……」

眼科は無理にしても、せめてドラッグストアが開いている時間帯までに会社を出られるようにしたい。無理だったら……しばらくコイツを使い回すハメになる。

とはいえ、だ。左目のことはともかく、なぜか体調の方はメチャクチャ良好だった。出社したら課長やら同僚には弄《いじ》られまくるだろうが……なんとか今日を乗り切れそうだ。

まあ、多分大丈夫だろう。


……この時まで、俺はそう思っていた。この『魔眼』の覚醒《かくせい》により、今後の人生が大きく変わることになるとは……想像だにしなかった。

◆◇◆◇◆

「疲れた……」

俺は疲労で重い身体を引きずりながら、自宅に戻るべく道を歩いていた。会社を出ることができたのは、やはり23時を過ぎてからだった。地元の駅に着く頃には日付が変わっていた。当然ドラッグストアは閉まっていた。畜生。

よりによって、今日は特にひどい一日だった。まず、出勤した瞬間に同僚から眼帯のことを聞かれたのでものもらいになったと誤魔化《ごまか》したら、『絶対に感染《うつ》さないでくださいよ？』と言われた。奴は週末に彼女とデートらしい。野郎……覚えてろよ。本当にものもらいだったら感染してやる。

その後、課長に呼び出しを喰らい資料の作り直しを命じられた。俺が提出した来月分の契約獲得目標数が少なすぎるそうだ。正直、先月の2割増しとか頭がおかしいとしか思えない。一応これでも社畜歴は長いので、なんだかんだ毎月ノルマをクリアしている。だが今回の割り増しはちょっと越えられそうにない。これで給料据え置きとか、やる気が起きるどころの話じゃないんだが？　ボーナス？　どこの異世界の単語ですかね。

その後、時間になったので資料作りを中断して外回りに出かけた。顔繋《つな》ぎでいくつかの取引先を巡ったあと、とある取引先に向かうと担当者がお怒りだった。えらい剣幕で詰め寄られる。どうにかなだめて話を聞いてみれば、どうやら前任者のやらかしが発覚したらしい。とにかく平謝りして場を収める。土下座《どげざ》は社畜の基本スキルです。つらみ。

もっともそれ自体は俺から見て大した問題ではなかった。結局その場で対処して事なきを得る。とはいえ、次に訪問する時には菓子折りの一つでも持っていくべきだろう。そんな感じで気がつけば、すでに定時を過ぎていた。

急いで会社に戻り、そこから課長に提出する資料作り。ちなみに奴はさっさと帰宅していた。そういえば今日は、課長お気に入りのキャバ嬢が出勤する日だったか。まあ小言を言われるよりはマシだ。そんなこんなでどうにか終電までに間に合うよう資料を作成し、誰も見ていないのを確認してから課長のデスクにベン！　と叩きつけ、退社。今に至る。

「はあ、寒っ……」

晩秋の夜風に身を震わせる。俺は息を吐き、両手をこすり合わせた。すでに街は閑散としていた。駅前を過ぎると、周囲の建物の明かりほとんど消えていた。さらに大通りから一本奥に入ってしまえば、人の気配はほとんどなくなる。冷たい光を放つ街灯の下を歩いているのは、今や俺一人だけだ。

「………」

誰もいない通りを歩いていると、まるでこの世に俺だけしか存在しないような気分になる。こういう時、独身のわびしさが身に染みるよなぁ。つらみ。

「はあ……明日も早いんだよな」

資料は今日頑張って作ったが、明日課長のＯＫをもらわなければならない。ダメならやり直しだ。それに、取引先には菓子折りでも持っていかなければ。ああ、面倒だ……もう、明日が来なければいいのに。そんなことを考えてしまう。

そんな時だった。急に左目が疼《うず》いたと思ったら、強い灼熱感が襲ってきたのは。

「うっ……!?　目が……熱い……!?」

あまりに強い違和感に、思わず足を止める。まるで左目が燃えるようだった。とっさに眼帯を外し、目を押さえる。

「熱っ!?」

思わず叫んだ。慌《あわ》てて目から手を離す。左目が、火傷《やけど》しそうなほどの熱を持っていた。灼熱感とかそういう次元ではない。気づけば、左の視界に火の粉が舞っていた。

もしかして、これ……俺の左目から出ているのか？　なんだこれ？　意味分かんねぇ！

「ぐっ……熱っつぅ……！」

痛みはないが、強烈な灼熱感で頭がクラクラする。足元がおぼつかない。よろけて、近くのビルの壁に手をついた。そのまま壁面に背中を預け、座り込む。このままじっとしていれば症状も落ち着くかと思ったのだが……。

「くそ、なんだこれ……！」

灼熱感はどんどん強くなる一方だ。火の粉が視界を埋め尽くし、ついには薪《まき》が弾《はじ》けるみたいにパチパチと音まで聞こえだした。これはマジでヤバいんじゃないか……!?

「ぐっ、ううっ……」

あまりの異常事態に救急車を呼ぼうかと思った……その時だった。

フッ……、と急に灼熱感が消えた。それと同時に、視界に舞っていた火の粉も消えた。

「……あれ、治った？」

左目に手を当てる。まだ少し熱を持っている。しかし、火傷しそうな熱さではなくなっていた。その事実に、ホッと胸を撫《な》でおろし……そこで気づいた。

背中を預けているビルの壁がゴツゴツしているのだ。

「なんだこれ」

振り返ってみれば、そこには扉があった。年季の入った、木製の扉だ。最初はビルの入口かと思った。けれども、それにしては古めかしすぎる。それに、扉全体に複雑な彫刻が彫り込まれていた。なんというか、ファンタジー系のＲＰＧとかで見るようなデザインだ。こんな扉、さっきまでここにあったっけ？　記憶が正しければ、俺はビルの壁に寄りかかったはずだ。つるつるした、大理石か何かだったと思う。ただ、それより……もっと不思議なことがあった。

扉は、左目でしか視認できなかった。左目を瞑《つむ》ると、消えてしまうのだ。左目を開けると、扉がまた出現する。意味分かんねえ。

扉に手を触れる。ゴツゴツとした冷たい手触りだ。間違いなく、ここに存在している。ノブに触れてみた。抵抗なく回った。どうやら施錠はされていないらしい。

「…………」

この扉の奥……どうなっているんだろう。そう思うと、もう止められなかった。ごくり、と唾《つば》を飲み込む。深呼吸をする。それから俺は、扉をゆっくりと開いた。

内部は、石造りの通路になっていた。壁面には、等間隔で松明《たいまつ》のようなものが掲げられている。そのおかげで、奥まで見通しが利いた。奥行きは10メートルほど。その先は行き止まり……ではなく、曲がり角になっていた。まだ奥に通路が続いているようだ。

いずれにせよ。明らかに、オフィスビルの内部じゃない。例えるならば……そう、ダンジョンだ。ゲームなんかでよく見る、アレである。そう思うと、好奇心がムクムクと胸の奥から込み上げてきた。

「……入ってみるか」

あまりよくない行為だとは思った。普段ならば絶対に試さない行動だ。そもそもビルの敷地内ならば、不法侵入になってしまう。でも……この扉は、左目でしか視《み》えない。どう考えても普通の扉じゃない。だからこの扉の先は、ビルの内部と繋がっていないはずだ。我ながら拙《つたな》い言い訳だと思う。けれども俺は、この先を見てみたいという欲求にどうしても打ち勝つことができなかった。ちょっとだけ。ほんのちょっと中を見たら、すぐに帰ろう。そう言い訳して……俺は扉の内部に足を踏み入れた。

「中は……別に普通だな」

内部は外より空気が淀《よど》んでいることと外より暖かいことを除けば、特に変な感じはしない。

壁に触れてみると、石の硬く冷たい感触が手の平に伝わってきた。……この空間自体は本物らしい。左目を閉じても、消えたりはしない。その事実にホッとするが……今度は別の心配が頭に浮かんでくる。

「まさか、扉が消えたりはしないよな⁉」

念のため振り返ってみたが、扉は外界（？）に繋がったままだった。少し安心したが、完全に閉じるのは怖かった。鞄《かばん》から手帳を取り出し、扉と入口の間に挟《はさ》んでおく。

「これでよし……とりあえず、進んでみるか」

おそるおそる進んでいく。といっても、通路の奥の曲がり角まではたった10メートルほどだ。すぐに到達することができた。曲がり角の先を覗《のぞ》く。扉が見えた。今度は鉄の扉だ。こちら側に閂《かんぬき》が掛かっているが、簡単に開けられそうに見える。

「…………」

ここまで来たら、もう同じだ。そう自分に言い聞かせ、鉄扉《てっぴ》まで進み、閂を外した。

扉の先は、ホール状の大きな空間だった。幅も奥行きも、おそらく30メートルはあるだろう。天井も高い。多分15メートルはある。内部には、壊れた椅子やらテーブル、それに棚のようなものが散乱している。瓦礫《がれき》の山もある。ここは廃墟なのだろうか。建築様式とか散乱している瓦礫の様子からして、教会とか礼拝堂みたいな印象を受ける。もちろん人の気配はない。壁面にはいくつかの絵画が飾られていた。かなり古びた絵画だ。

「なんだこれ？　ドラゴン……と、人が戦っている場面か？　こっちは……天使？」

少なくとも俺にはそう見えた。いずれもヘタウマな作風で、中世のヨーロッパとかにありそうな感じだ。俺は美術史に詳しくないから分からないけど。ていうか、ビルの内部がこんな風になっているわけがないよな。だったら、ここは一体何なんだ？　……と、その時だった。

——ガタン。背後で物音がした。

「うわっ!?　なんなんだよ、一体……」

おそるおそる振り返る。背後の瓦礫の山の一部が、床に転がっていた。

瓦礫の山には、何かがいた。テラテラと光る何かだ。最初は瓦礫が雨漏りとかで濡れているのかと思った。だが違う。ゼリー状の物体だ。それは動いていた。ズルズルと這《は》いながら、俺に近づいている。大きさは……結構でかい。大型犬を呑み込めそうなくらいはある。

「おいマジかよ」

思わず言葉が口から漏れた。これは……多分俺の知っているモノならば。

「こいつ……スライム？　ウソだろ？」

こんなモノ、現実に存在するわけがない。だけど、こちらにゆっくりと近づいてくる『スライム』の姿は、左目だけでなく右目にもはっきり映っている。間違いなく現実だった。ただし、ゲームとかアニメで見るような可愛げのある見た目じゃない。ヘドロとゼリーの中間みたいな、醜悪《しゅうあく》な物体だ。つーか、スライムの身体のあちこちに、なんか肉片とか骨っぽい物体が浮かんでいるように見えるんだが……これ、絶対仲良くなれないタイプのスライムだろ。

当たり前だが、俺はスライムと戦ったことなんてない。ていうか、こんな腐肉のゼリー寄せみたいな物体、どうやったら殺せるんだよ⁉　となれば、俺に取れる手段は一つしかない。

つまり……撤収だ撤収ゥーー‼

踵《きびす》を返し、俺はさっき入ってきた扉までダッシュしようとして……固まった。

「おい……ウソだろ？」

扉の周囲にも、スライムが湧いていたのだ。それも、瓦礫のところにいた奴どころじゃない、巨大な奴だ。俺なんて、簡単に飲み込まれてしまいそうなほど。これじゃ、この部屋から出られないじゃねえか！

そうしているうちにも、スライムは瓦礫や壁面に掲げられた絵画、それに天井や壁のヒビの隙間からどんどんと染み出し、その数を増やしていた。もう10匹はいる。そしてその全部が、俺にゆっくりと近づいてきているのだ。

「ひ……っ⁉」

コイツら……俺を襲うつもりだ。それを自覚した途端、さぁっと血の気が引く感覚がした。

急に手足が震えてくる。マジかよマジかよマジかよマジかよ……！

「ふざけんなよ……こんなところで死んでたまるかよッ！」

助けなんて来ない。何しろ、俺の左目でしか見えなかった『ダンジョン』だ。ここでこいつらに食われたら、俺の死体は永遠に見つかることはないだろう。……そんなのは絶対に嫌だ！

だいたい明日だって普通に仕事なんだぞ！　俺が死んだら、誰が取引先に菓子折りを持っていくんだよ！　課長が行っても同僚に行かせても、きっと余計なことを言って怒らせるに決まっている。そうしたら、その尻ぬぐいは誰がやるんだよ……！

と、そこまで考えてハッと我に返る。

「って、死にそうなのに何考えてるんだ、俺は」

あれほど嫌だった取引先との用事が生きる希望になっていた。その事実に苦笑する。でも、おかげで今の状況を客観的に見られるようになった。スライムの姿形は恐ろしげだが、動きは緩慢《かんまん》だ。俺が疲れて動けなくなるまでは、奴らに捕まることはないだろう。ならば――

「その前に、コイツら全部ぶっ倒すしかない」

そう覚悟を決めたあとは早かった。スーツの上を脱ぎ、シャツの袖をまくる。素早く近くの瓦礫を漁《あさ》り、壊れた木製の椅子を見つけ両手で持った。なかなかの重量武器だぜ、これは……！

「よし……！」

あとは……ゲームなんかでは、こういうタイプの不定形スライムはどこかに弱点になる『核』があるのがセオリーだ。スライムたちを冷静に観察する。奴らの身体は汚泥のように濁っており、未消化らしき腐肉や骨片を外周に浮かべている。そしてその奥に隠れるようにして、光る球のようなものが浮かんでいるのが『見えた』。……あれだ。

なぜそれが見えたのかというと、左目に力を入れると強く光ったからだ。

「はは……まさか、この左目、マジの『魔眼』なんじゃないか？」

冗談めかして呟《つぶや》くが、多分合っていると思う。

まずは、あの光っているのを破壊する。もちろん弱点かどうかは分からない。だが、奴らが後生大事に体内の最奥部に隠している器官だ。攻撃されたくないはずだ。まあ、ダメだったら、そのあとのことはその時考えればいい。今は、行動あるのみだ……！

「人間様を舐《な》めるなよ……！　おりゃあっ！」

一番近くまで迫ってきていたスライムに、近くにあった木製の椅子を叩きつける。ばしゃっ、と汚い音がしてスライムの一部が飛び散った。が、浅い。俺の攻撃はスライムの浮かべた腐肉をちょっとえぐり取っただけだ。

「おっと、あぶねぇ⁉」

もちろんスライムも無抵抗じゃない。俺が椅子をぶつけた瞬間、何かの骨片をこちらに向かって突き出してきたのだ。こちらがへっぴり腰だったのが幸いして、スライムの攻撃は俺のシャツを掠《かす》めただけで済んだ。アドレナリンが大量に分泌されているのか覚悟をキメているせいか、あまり怖さは感じなくなっていた。まだいけるぜ俺は……ッ！

「これはどうだっ！」

さらに椅子を叩きつける。ばしゃん！　今度は俺の攻撃をまともに喰らい、スライムの身体の半分が飛び散った。拳大《こぶし》の眼球のような器官が露出する。よし！

「うおらあああぁぁッッーーーー！！！！」

雄たけびを上げ、俺は大きく足を上げ——スライムの『眼球』を思い切り踏み潰した。

ぶちゅっ、と汚らしい音がホールに響き渡る。そして——

「やった……！」

やはり弱点だったようだ。俺がそれを潰した途端、スライムは一度だけ肉体をビクンと痙攣《けいれん》させたあと——溶けるように崩壊していった。

「はあっ、はあっ……！　まずは1匹ぃッ……！」

倒し方を見つけてしまえば、あとは簡単だ。動きの鈍いスライムを全滅させるのに、そう時間はかからなかった。

◆◇◆◇◆

「はあ、はあ……どうだ、やってやったぞ！」

すっかり綺麗《きれい》になった広間で、俺は勝利の雄たけびを上げた。今や俺以外に、動くものはない。やった……どうにか生き延びたぞ……！

「っはぁ……！」

それを確認したところで力が抜けた。たまらず石床にへたりこむ。こんな大きな生き物との命のやり取りなんて、生まれて初めての経験だ。いまだに現実感がない。

でも……全力で椅子をぶん回してスライムと戦った記憶は強烈な興奮と高揚感と共に何度も脳裏にフラッシュバックされ、なかなか消えてくれない。きっと今日の出来事は死ぬまで忘れないだろう。そう思うくらい、強烈な体験だった。

「クソ……今さら手が震えてきたぞ」

多分安堵《あんど》したからだろう。手がプルプル震えてモノが持てない。というか全身がめちゃくちゃ痛い。戦闘どころか、最近はろくに身体を動かしてなかったからな……。

怪我《けが》はしていないが、明日は絶対筋肉痛だぞ、これは。

「帰るか……」

とはいえ、いつまでもこうしていられない。時計を見ると、すでに午前2時を回っていた。どうやらかなりの時間、呆然《ぼうぜん》としていたらしかった。まだ手足がガクガクしていたが、どうにか足を踏ん張り立ち上がる。スーツの上着と鞄を回収し、ホールの出口に歩き出す。そこで、なんとなく後ろを振り返った。

「……この部屋、まだ先があるのか」

入ってきた扉とは反対側に、同じような扉が見えた。さっきはスライムとの戦闘に夢中だったから全く気づかなかった。……あの扉の先はどうなっているんだろう。

「いやいや、もうたくさんだろ」

俺は首を振って、再びこみ上げてきた好奇心を頭から追い出す。さすがにもう気力も体力も限界だ。それにこんな危ない場所は、一刻も早く出なければ。俺は扉を開き、もと来た通路を戻り——無事にダンジョンの外に出ることができた。

「はあ……寒っ」

深夜の街はかなり冷え込んでいて、じっとしていると冷気が身体にしみ込んでくる。とはいえ、先ほどのピンチに比べれば寒さなんて大した問題じゃないけど。その後、俺はどうにか自宅のアパートに戻ると——熱いシャワーを浴び、ベッドにもぐりこんだ。

「はあ……疲れた」

身体を横にした瞬間に強烈な眠気が襲ってきた。今日は散々だったからな。身体中が泥みたいだ。まどろみのなか、俺はぼんやりと考える。相変わらず、左目の視界は朱いままだ。けれども、この『眼』が俺をダンジョン（?）に誘《いざな》い、そしてスライムとの戦いを助けてくれた。たしかにずっとこのままなのは困るけど……案外、悪くないかもな。ていうか、明日ちゃんと起きれる……かな……。

夢を見た。あいまいで、それでいて所々妙にはっきりと記憶に残る、不思議な夢だった。

《本日のリザルトを報告します》

《実績……『魔眼』の覚醒》

《戦闘報告：腐肉スライムの討伐……10体》

《魔物討伐によるマナの総獲得量……１２０マナ》

《現存マナ総量……１２０マナ》

《『魔眼』レベルの上昇値に達しました……レベル1↓2》

《レベル上昇によりスキルを獲得：『ステータス確認』『異言語理解』『弱点看破：レベル１』》

《上位者権限行使……残存マナを体組織の損傷回復及び軽微な病巣の除去に充当》

《現存マナ総量……０マナ》

《……………》

《……安心しました》
《このまま覚醒しないかと、諦《あきら》めていました》
《私ですか？　私はあの時助けていただいた　■■■■　です》
《今の貴方は、私の姿も名前も憶えていないと思います》
《ですが》
《いずれ現実世界でもお会いできる時がやってくるでしょう》
《魔眼が完全に覚醒したその時には、私の口から直接言いたいのです》
《救ってくれてありがとう……と》
《…………………》
まるでゲームのミッションクリア画面のように、文字列が次々と目の前を流れていく。俺はそれを淡々と眺《なが》めていた。
その後。夢の中で綺麗な女性に出会った気がしたが……どんな姿をしていたのか、どんな声をしていたか、目覚めた時にはすっかり忘れていた。

◆◇◆◇◆

――ピピピッ、ピピピピッ！

「……はっ⁉」

スマホのアラーム音で目が覚める。窓の外は明るかった。珍しく熟睡していたらしい。

「ふあぁ……」

ベッドの上で起き上がり、伸びをする。

「……？」

そこで気づいた。身体が痛くない。昨日のことは鮮明に覚えている。左目でしか見えないダンジョンに入り、スライムらしきモンスターを何体も倒した。そのせいで帰宅後は身体中が痛くて仕方なかった。だというのに、今の体調といったら……身体が痛むどころか絶好調だ。十代に戻ったのかと錯覚するほどに、身体に力がみなぎっている。

「目はそのままか……」

残念ながら、洗面台の鏡に映った俺の左目は朱いままだった。というか、むしろ朱さが増したような気がする。あと、変な模様みたいなものが瞳の部分に浮かんでいる気がする。……これ、魔法陣か？　ゲームとかアニメとかでよく見るヤツだ。なんというか、本格的に『魔眼』って感じになってきたな……。

「…………」

昨日から変なことが立て続けに起こりすぎていて、もう目に魔法陣が浮かんでいても驚きはない。とりあえず出てきたのは、

「今日も眼帯必要だな……」

というセリフと乾いた笑いだけだった。ちなみに昨日のヤツを再利用するハメになった。今日こそはドラッグストアで新しい眼帯を買って帰ろう。

◆◇◆◇◆

「……それでは失礼いたします」

全ての取引先を回り、俺は安堵のため息を吐《つ》く。前任者のトラブルがあった取引先も、担当者に菓子折りを持っていったら快く受け取ってくれた。すでにトラブルは解決済みのうえ謝罪は昨日のうちに済ませているから問題ないとは思っていたが、念には念を、である。取引先の窓口との関係は良好に保っておくに越したことはないからな。

「さて……結構時間が余ってしまったな」

俺は腕時計を見た。もうすぐ定時といったところだ。すぐにでも会社に戻りたいが、あまり早く戻ると課長からちゃんと外回りを頑張っているのか疑われてしまう。現役時代に気合と根

性で仕事を回していた世代だからか、外回りが日没前に帰ってくることを良しとしないのだ。

正直非効率極まりないが、結果を出していれば逐一行動を監視されるほど厳しくないのが救いでもある。そんなわけで、俺は定時になるまで街で時間を潰すことにした。それに新しい眼帯も買う必要があるしな。

「ありがとうございましたー」

ドラッグストアで首尾よく眼帯をゲット。近くのカフェに入り、新しいものに替えようとした……その時だった。

「あ、ちょっと通りますねー」

背後で女性の声がした。振り返ると、店員さんが隣のテーブルを片付けようとしていた。

「……ん？」

そこで俺は気づいた。一生懸命テーブルを拭《ふ》いている彼女の首もとに何かが見えたのだ。鮮やかな緑色の、蔓《つる》植物のタトゥーだ。うわぁ、と思った。

結構清楚《せいそ》で可愛いのに、これまたエグめのヤツを入れているなぁ……。

もしかして、実は元ヤンだったり彼氏がオラオラしてたりするのだろうか？

そんな感想を抱く。とはいえ、俺も赤の他人の趣味に物申すような危ない性格じゃない。すぐに彼女から興味を失い、自分のスマホに視線を戻そうとした……その時だった。

ギュルッ、とタトゥーが動いた。……えっ。

「う………」

それと同時に、店員さんがうめき声を上げ、その場に崩れ落ちた。

「ちょ、大丈夫ですか⁉」

さすがに放置しておくわけにいかず、慌てて近寄り、声をかける。

「うわっ……なんだこれ」

思わず声が出た。彼女の顔は赤黒く変色していた。まるで誰かに首を絞められているようだった。……いや、違う。タトゥーが首に巻き付くような形に変化していた。そして今もなお、ギュルギュルと彼女の首を絞めるように蠢《うごめ》いている。なんだこれ……病気、じゃないよな？

ていうかこの状況……かなりまずいのでは⁉

「なんだなんだ」「おい、スタッフの姉ちゃんが倒れたぞ」

「うわ、怖っ」「顔色えっぐ……」

他の客も異変に気づいたのか、こちらに注目している。が、関わるのが面倒なのか誰も彼女を助けようとしない。それどころか、スマホを取り出し撮影を始める始末だ。

「ちょっと、大丈夫ですか⁉　私の声、聞こえますか？」

「う……」

倒れ込んでしまった店員さんの頬を叩《たた》いてみたり肩を揺さぶってみるが、うめき声を上げるだけでまともな反応は返ってこない。どう見てもかなりヤバい状況だ。つーか、なんだこの気《き》色《しょく》悪いタトゥーは⁉　触ってみるが、もちろん彼女の首の肌の感触だけしか伝わってこない。

とにかく、人を呼ばないと……！

「クソ、誰か店員さんを呼んで……うぐっ⁉」

声を上げようとしたら、いきなり左目に灼熱感が襲ってきた。

「ぐ……」

『ダンジョン』を見つけた時と同じ感覚だった。クソ、こんな時になんだってんだよ！　だが俺の意思に反して灼熱感はどんどん強くなっていく。再び視界に火の粉が散り始めた。頭がクラクラとして、意識が朦朧《もうろう》とする。クソ、俺まで倒れたら……そう思った瞬間。

以前と同様に、フッと灼熱感が消えた。それと同時に、店員さんの首に違和感を覚えた。

「うわぁっ⁉」

それを見て、俺は思わず声を上げてしまった。彼女を支えていた手を離しそうになってしまい……どうにか耐える。絵だったはずの植物の『蔓』が実体化して、彼女の首をギュウギュウと締め付けていたのだ。おいおいウソだろ……。

あまりに非現実的で、目の前の光景を受け入れるのを脳が拒絶している。だが、いくら見てもそれは間違いなく蔓だった。そこで思い当たる。まさか、これ……ダンジョンの扉と同じ現象なのか？　ということは……蔓が実体化しているのなら除去できるのでは？

触れてみた感じ、グニョグニョ蠢いていて気色悪いものの蔓自体はまだ新芽らしく細く柔らかい。これなら素手でも引きちぎれそうだ。となれば……やるしかない！

俺は店員さんの首と蔓の隙間に指をこじ入れ、むしり取るように引っ張った。

――ブチッ、ブチブチッ！　おおっ、意外といけるぞ！　蔓は意外なほど脆《もろ》く、少し強く引っ張っただけでちぎれてしまった。

「よし、これなら……！」

店員さんの肌を傷つけないように注意を払いながら、幾重にも巻き付いた蔓をむしり取っていく。そして――

「う……私、何を……」

蔓を全て除去すると、彼女は小さくうめき声を上げ、うっすらと目を開いた。

「大丈夫ですか？」

すでに彼女の顔色は元に戻っている。まだぼーっとした表情をしているが、特に異常はなさそうに見える。よかった。ホッと胸を撫でおろす。

「ちょっと、山本さん、大丈夫ですか!?」

と、そこでようやく他の女性店員さんが駆けつけてきた。どうやら他の客が助けを呼んできたようだ。……これで俺の役目も終わりかな。

「すいません、介抱していた者です。多分、貧血か何かだと思います。頭は打っていないと思いますが……一応、病院で見てもらった方がいいかもしれません」

「……そうですか、ありがとうございます。山本さん、もう大丈夫だからね」

駆けつけてきた店員さんが不審そうな視線でジロリと俺を見てから、倒れた彼女を俺からかばうように位置取り、身体を支え立たせた。まるで俺が彼女に何かをしたかのような疑いようだが……まあ、仕方ない。どちらの店員さんも若い女性だからね。それに比べて、こちらはくたびれたオッサンリーマンだ。別に顔が良いというわけでもないし。だから善意で若い女性を助けたとしても、こういう目で見られるのは当たり前だ。

まあ、別に後悔はない。ないったらない。俺は自分の心のままに行動しただけだ。

「それでは、私はこれで」

誤魔化すように時計を見れば、すでに定時を過ぎていた。さすがにそろそろ会社に戻らないと、今度は『どこで油を売っていたんだ！』と課長にどやされてしまう。この辺のタイミング、結構シビアである。俺は足早にカフェを出ようとして、

「あ……あの」

「あ、ちょっと山本さん？」

出入口の辺りで、呼び止められた。見れば、先ほど倒れた店員さんが、もう一方の店員さんに支えられながら俺を見ていた。

「あれ、お兄さんが助けてくれたんですよね。どうやったのか分からないですけど、すごく苦しかったのがウソみたいに治って……その、ありがとうございます」

ぺこり、と頭を下げられた。

「……私は側についていただけですよ。それでは、失礼します」

あの現象を、彼女にどうやって説明したらいいのか分からなかった。だから俺は彼女にそれだけ言って、足早に店を出た。

「あっ……」

背後で名残《なごり》惜しげな声が聞こえた気がしたが、振り返ることはしなかった。ただ、彼女の言葉で心が軽くなったのは事実だ。まあ、オッサンにとってはそれで十分なのである。

その後。なんとか絶妙な時間に会社に戻ることができた俺は、残務処理を終え、どうにか終電を逃さずに帰宅することができたのだった。

◆◇◆◇◆

《本日のリザルトを報告します》
《戦闘報告：シック・ヴァインの討伐……1体》
《魔物討伐によるマナの総獲得量……150マナ》
《現存マナ総量……150マナ》
《『魔眼』のレベル上昇値に達しました……レベル2→3》
《スキルレベルのレベル上昇値に達しました：『弱点看破：レベル1→2』》
《レベル上昇によりスキルを獲得：『鑑定：レベル1』『身体能力強化：レベル1』》
《スキル一覧：『ステータス確認』『異言語理解』『弱点看破：レベル2』『鑑定：レベル1』『身体能力強化：レベル1』》
《現存マナ総量……50マナ》
《…………》
《今日はお疲れ様でした》
《かの世界の存在――魔物は、この世界にもすでにかなりの量が浸透しています》
《ですが、貴方のおかげでそのうちの1体を排除することができました》
《ありがとうございます》

《今の私は、この世界に影響を及ぼすことができません》
《今のところは、ですが》
《…………………》
《いずれにせよ、あれらは人族にとって有害です》
《見つけ次第、排除していただければ助かります》
《排除すれば、マナを得ることもできますし》
《…………………》
《そういえば》
《夢……という人族共通の機能を間借りしておりましたが、どうやら目覚めるとステータスの内容すら忘却してしまうようですね》
《これでは意味がありません》
《私としたことが、うっかりしておりました》
《…………………》
《スキルを強制解放します》
《上位者権限行使……スキル獲得：『明晰夢《めいせきむ》』》
《上位者権限行使……スキル進化：『ステータス確認』↓『ステータス認識』》

《スキル一覧：『ステータス認識』『異言語理解』『明晰夢』『弱点看破：レベル2』『鑑定：レベル1』『身体能力強化：レベル1』》

《…………………》

《以後、貴方は夢の外でもステータスを確認できるようになりました》

《また、少々仕様変更を行いました》

《これで貴方は、取得したマナを魔眼そのものやスキルに割り振ることにより、自由にレベルアップやスキル取得を行うことができるようになりました》

《ステータスを呼び出す場合は、『ステータスオープン』と唱えるか念じてください》

《…………………》

《この措置は、貴方の自由意思を極力損ねないためです》

《私は見たいのです……貴方が作り出す未来を》

《…………………》

《申し訳ありませんが、私自身の姿は、まだ隠蔽させていただきたく思います》

《さて、そろそろ目覚めの時間のようです》

《それでは、またいずれ》

また奇妙な夢を見た。今度はかなりはっきりした夢だ。けれども、どう頑張っても話しかけてくれた女の人の姿と声を思い出すことはできなかった。

◆◇◆◇◆

「……おかしいわね」

深夜の月明かりの下。とあるビルの屋上で、1人の少女が首をかしげていた。

夜に出歩くにはあまりに派手なフリフリの衣装。ツインテールでまとめられた長い髪は、日本人とは思えない淡いピンク色。可愛らしい顔立ちの少女だ。歳は13、14だろうか。しかし……彼女が持っているのは、小柄な少女に似つかわしくない巨大な戦槌《ウォーハンマー》だ。その先端には夥《おびただ》しい粘液が付着していた。いまだ乾ききっていないそれは——濃い紫色をしていた。

「この辺でかなり強い妖魔の気配を感じたわ。でも、いくら探しても見つからない。討ち漏らしたと思ったけど、勘違い？」

少女のあどけなさの残る顔が、訝《いぶか》しげに夜の街を見下ろしている。

「どう思う？　ルーチェ」

『どうもこうもないッチュ』

彼女の肩でポン！　とコミカルな音が弾け、珍妙な形状の小動物が現れた。リスに似ているが、やたら丸っこい。強《し》いて表現するならば、ドングリを貪《むさぼ》りに食った、冬眠前のシマリスだろうか。

『さっき妖魔を倒した街区以外に、どこを探しても痕跡すら見当たらないッチュ。こんなことは初めてッチュ。ミラクルマキナはどうッチュ？』

シマリス……ルーチェはまるでカートゥーンのような動きで肩を竦《すく》める。

「さっき言ったとおりよ。ていうかミラクルはやめてって言ってるでしょ。マキナでいいから」

『そうもいかないッチュ。僕らマスコットは規約上、魔法少女を正式名称で呼ぶように定められているッチュ』

「世知辛《せちがら》いわね！　……まあいいわ。妖魔だろうが怪人だろうが倒せばポイント入るんでしょ？　ここ最近は他の子たちと比べても出遅れ気味だし、今日は徹夜で探すわよ」

『で、でも僕は正規じゃなくて臨時の派遣マスコットッチュ。規約上、活動限界は7半時間《定時》までッチュ……』

「……だから？」

『ッチュ!?　お、脅さないでッチュ！　うぅ……サービス残業、頑張るッチュ……』

「よろしい」

そんなやりとりを残し、魔法少女とマスコットは夜の闇に消えていった。

◆◇◆◇◆

「……はっ⁉」

気がつけば朝になっていた。かなり長い夢を見ていたようだ。それに、やけにはっきりした夢だった。というか、めちゃくちゃ内容覚えてるんだが……。

その夢によれば。

「この左目、マジで魔眼だったのか……」

いまだに真っ赤な視界の、左目を手で押さえる。まあ、変な扉が見えたり人の首筋に変な蔓が巻き付いているのが見えた時点で普通の眼病でないことは分かっていたけどさ。

ひとまずベッドから抜け出し、出勤の準備。それが終わった後に朝食のトーストを齧《かじ》りながら、俺は昨日の夢の内容を思い出す。たしか、起きている時でもステータスを確認したり『マナ』の割り振りができるんだっけ。

「……ステータスオープン」

《廣井新　魔眼レベル：3》

《体力：120／120》

《魔力：２００／２００》
《スキル一覧：『ステータス認識』『異言語理解』『明晰夢』『弱点看破：レベル２』『鑑定：レベル１』『身体能力強化：レベル１』》
《現存マナ総量……50マナ》
うおぉ……マジで出てきたぞステータス……！
目の前には、夢の中で出てきたものと同じ文字列が空中に浮かんでいる。一応、ステータスは両目で視認できるようだ。まあ、左目でしか見えないと見づらいから、これはありがたい。
それにしても、俺のステータスって高いのか低いのか分からんな……。
こういうのは基準が欲しいところだ。とりあえず、この『体力』っていわゆるＨＰのことだよな？　よくよく考えるとＨＰってなんだ。ゲームだと敵の攻撃をどのくらい耐えられるかという数値になるけど、現実だと実際に強くなっている実感がない。体の耐久値が上がっていたりするんだろうか？　殴《なぐ》られても痛くない、とか。正直、進んで試したいとは思えないが。
まあ、それはともかく。俺の興味は、どちらかというと『魔力』だ。もしかして今の俺、魔法とか使えちゃうわけ？　いや魔法の使い方とか分からんけど。
そもそも『スキル』の中に魔法らしきものは見当たらない。もしかしたら、この中のどれかを使うと魔力を消費するのだろうか？　いろいろ気になるものは多いが、これは試してみないと分からない。ただ……スキルって普通に使っていいものなのだろうか？　その辺はちょっと要検討である。あとは、この左目の色が元に戻ればいいんだけどなぁ……とか思っていたら。

《取得可能スキル一覧を表示しますか？》

「おわっ⁉」

いきなり目の前に質問文が現れた。どうやらステータス表示が俺の意思に反応するようになったらしい。これは便利だな。もちろん『表示する』だ。俺がそう意識したのと同時に目の前に浮かんだ文字が消え、別の文字がどんどんと浮かんできた。

《余剰マナ　50マナ》

《レベルアップ・取得可能スキル》

《『魔眼光：レベル1　30マナ』『魔眼色解除　10マナ』『弱点看破：レベル2→3　２００マナ』『鑑定：レベル1→2　50マナ』『身体能力強化：レベル1→2　50マナ』》

とりあえず、現在取得できるスキルはこれらしい。『余剰マナ』ってのは、いわゆるスキルポイントだろうか。そういえば、夢の中では『魔眼』のレベルを上げる時にも使用されていた。まあその辺は共通なのだろう。で、どのスキルを選択するかだが……当然決まっている。

「まあ、当然『魔眼色解除』だよな」

これこそが、俺の求めていたものだ。迷わず選択。すると一度全ての文字が消え、再び文字が出現した。

《スキル『魔眼色解除』を取得しました》

《余剰マナ　40》

使い方は……おお、分かるぞ。どういう仕組みかは分からないが、スキルを取得した瞬間に頭の中に使い方が浮かんできた。とりあえずそのやり方に従い、色が消えるように願いながら左目に力を込めてみる。すると……、

「うん？　これでいいのか？」

左の視界から赤みが消え、熱っぽさも解消した気がする。念のため洗面所で確認してみると、たしかに目の色が元に戻っていた。

「よ、よかった……」

それを確認した瞬間、安堵で膝の力が抜けてしまった。両手を膝につき、どうにか立ち上がりホッと息を吐く。ちなみに元に戻そうとすれば簡単に戻った。これで今日から眼帯なしで過ごすことができるな。

ちなみに、残っているポイント……マナは40だ。これは、今すぐ使用しなくてもいいんだよな？　というか、魔眼のレベルアップにも使うんだよな。ならば、当分はこのままでもいいかもしれない。他のスキルはどれも日常生活で使用する機会がなさそうだし、取得済みスキルの

レベルを上げるにはポイントが少なすぎる。ひとまず、ある程度貯まるまでこのままでいいか。とはいえ、こうやってスキルとかポイントが出てくると成長させたいと思うのが人の性《さが》、というやつである。

……確か、マナは『魔物』を倒すと手に入るんだったっけ。次の休日、またあのダンジョンに行ってみるか。今度は準備万端で。

◆◇◆◇◆

「よし……行くか」

土曜の深夜。あの不思議な扉の前で、俺は気合を入れる。明日も休みだから、夜更かしもできる。何かとブラックな仕事環境の弊社だが、会社全てがブラックというわけではない。昨年に同僚が過労で倒れ病院送りになったせいで、コンプライアンスが強化された。それ以降、よほどのことがない限りカレンダー通りのお休みがもらえるようになったのだ。もっともそのおかげでノルマが増えたので痛し痒《かゆ》しであるが……それはさておき。

準備万端といっても、たいしたものは持ってきていない。動きやすい服に、昼間バイク用品店で買ってきた手足のプロテクターを装備。リュックに入っているのは携帯食料やチョコなどの食料と水、それに懐中電灯や万が一の時の着替え。あとは近所のホームセンターで調達した小道具をいくつか、といったところだ。

武器になるものも持ってきたかったのだが、やめた。日本の警察は非常に優秀だ。包丁やナイフを所持した状態で職務質問を受けてしまえば、ダンジョンで魔物に襲われて死ぬ前に最悪社会的に死ぬ可能性があった。そこで苦肉の策として選んだのは……小型のドライバーセットだった。マイナスとプラス、それに錐《きり》が付属していて、グリップにはめ込んで使うヤツ。正直お守り代わりにしかならないと思うが、なんか尖《とが》っているヤツがないと不安だったからな。まあ、これも実際は危険なラインではあるが……言い訳のため、ホームセンターで組立型の小さな木製の収納ボックス（組立前。鈍器兼用だ）も同時購入済みなので多分セーフだろう。

もっともあの広間には瓦礫とか壊れた椅子のような『重量武器』が転がっていたし、何より俺にはこの魔眼がある。ドライバーセットも収納ボックスも使うことはないだろう。とにかく、『いのちをだいじに』が基本方針だ。まあ、そうまでしてマナなんか集めなくてもいいと言えばいいのだが……好奇心に勝てる人間はそうそういないわけで。

「……よし」

何度か深呼吸をして気持ちを落ち着けたら、いざダンジョンに突入だ。扉は、前回と同様にあっさりと開いた。内部も、前回と同じ。そのまま慎重に進み、前回と同じ大広間に出た。

「よし、この前と変わってないな……変わって、ない……!?」

そう。ダンジョンの広間は、何も変わっていなかった。瓦礫の位置も、床の汚れ具合も。スライムと戦い、全滅させる前の状態に戻っていたのだ。

「はは……いよいよゲームじみてきたな」

要するにこのダンジョンは……一度出るか、一定時間が経過することで内部の様子がリセットされるらしい。そして、その推測を裏付けるように、俺が広間に入ってきた途端スライムがあちこちから這い出てきたのだ。

「出現位置は前回と違うな。数は……13体か。前回よりも多い……のか？」

どうやらスライムの出現位置や出現数は変動するらしい。とはいえ、やることは変わらない。

俺は近くにあった手近な椅子を手に取った。

「……あれ？」

そこで違和感に気づいた。

なんかこの椅子、ずいぶん軽いな!?　前回は、かなり苦労して振り回していた気がしたんだが……もしかして、これはスキルのせいか？

そういえば、取得済みのスキルに身体能力を向上させるものがあった気がする。

「………………」

とりあえず掴んだ椅子をブンブンと振り回してみる。まるで発泡スチロール製かと思うくらい、軽かった。本体の重量による抵抗より、空気抵抗の方が強かったくらいだ。

「……ははっ、すげぇ」

これ、多分普通の腕力じゃないぞ。ムキムキの格闘家でもないのに、5キロ近い木製の椅子をビュンビュンと鋭い風切り音が出るまで振り回せるわけがない。これがダンジョン限定なのか、現実世界でもそうなのかは分からないが……今はどうでもいい。肝心なのは……スライムなんて、何匹出てこようがもう俺の敵じゃない……ってことだ。

——こいつらは『獲物』だ。

それを自覚した途端、俺の中でカチリと何かが決定的に変わった気がした。狩られるものから狩るものへ。そう、俺は狩る側だ。

「……くくっ」

思わず笑みがこぼれた。自分でも聞いたことがないような、獰猛《どうもう》な笑みだった。

『————』

じわじわと近づいてくるスライムたちの中心部には、魔眼により暴露された弱点がはっきり視認できる。前回は強く意識しなくては分からなかったが、これはスキル『弱点看破』の力だろうか。いずれにせよ、あんな弱点丸出しの魔物に負ける要素はもう存在しない。

「じゃあ、いっちょやったりますか……うおりゃっ!!」

――ぶちゅっ！　一番近くにいたスライムに椅子を振り下ろすと、簡単に潰れてしまった。弱点ごと、粘液を撒《ま》き散らしながら飛び散って、それでお終《しま》いだった。

「あっけないな」

もはや、スライムに対する怖さは微塵《みじん》も感じなくなっていた。

「じゃあ、どんどん片付けるか」

広間のスライムを倒すのは、ただの作業に変わっていた。

◆◇◆◇◆

「ふう……これで終わりか」

ものの数分でスライムを全滅させた俺は、近くの瓦礫に腰掛け、持ってきたスポーツ飲料を飲んでいた。なんというか、軽い運動をしたあとのような爽快感だ。というか、軽いかどうかはともかくとして、これって一応運動だよな？　格闘技とかもスポーツだし。

ちなみにステータス画面を呼び出して余剰マナ総量を確認したら、１９６になっていた。すでにあった余剰マナが40だから、獲得したのは１５６マナということになる。とりあえずスマホの計算アプリで確認してみたところ、スライム1体あたりのマナは12のようだ。できればこの場でスキルを上げられればいいんだが……。

《スキル未取得：ダンジョン内ではステータス操作を行えません》

ステータス操作をしようとしたが、アラートが出てきてしまった。なるほど、そういう仕様ですか。まあ、今すぐ取得しておきたいスキルはないし、このまま進むことにする。

……このマナ、俺が死んだらどうなるんだろう？　やっぱりロストするんだろうか？　ふとそんなことを思う。まあ、そもそも死んだら終わりだから関係ないか。ゲームじゃあるまいし、蘇生なんてできないだろうし。

「よし、休憩は終わりだ」

戦闘結果を確認したところで、俺は瓦礫から立ち上がる。今日の目的は、まだある。

「あの扉の先って、どうなってるんだろうな」

この広間には、まだ先に続く扉がある。その奥を確認せずに、今日は帰れない。

「…………」

広間の先にある扉には、鍵はかかっていなかった。冷たいノブをゆっくりと回し、扉を少しだけ開く。奥には、これまでと同様、松明が掲げられた石造りの通路が伸びていた。だいたい20メートルほど直線が続き、右に折れている。

「よし、行こう」

扉が勝手に閉じたりしないよう、ホームセンターで購入したドアストッパーを噛ませる。それから先ほどスライムたちを撲殺した椅子を回収し、ゆっくりと通路に足を踏み入れた。そのまま慎重に曲がり角まで進み、リュックからコンパクト手鏡を取り出す。こいつは自宅から持ち出してきたものだ。手鏡を開き、曲がり角の向こう側が見えるように上手く角度を調節する。特に魔物は見えない。これまでと同様、通路が続いている。その先には、またもや鉄製の扉が見えた。

「……よし、クリア」

たしか軍隊とかでは、屋内とかで索敵をして問題なければ『クリア』と言うんだよな？　まあ、俺、軍隊も自衛隊も入ったことないから分からないけど。こういうのは気分だ気分。角を曲がると、30メートルほど奥に扉が見えた。ぱっと見、鍵はかかっていない。俺は扉まで進み、ゆっくりとノブを捻《ひね》った。

ギイィ……と軋《きし》んだ音を立て、扉が開く。内部は、小部屋になっていた。先ほどの大広間と比べると、かなり狭い。だいたい、10畳ほどだろうか。殺風景で石造りの壁が剥《む》き出しになっている。ちょうど正面の壁には、次の通路か部屋に続く扉が見えた。

「おっ……？」

そして、よく見ると。部屋の隅に木箱が置かれていた。枠を鉄で補強した、宝箱のような木箱だ。……ていうか、あれ宝箱だよな？　フォルムがまんまだし。ただ、これを開けていいのかはかなり迷った。

……俺も人並みにゲームを嗜《たしな》むタイプだ。何を言わんかといえば、俺はこの木箱が『ミミック』か『罠』である可能性を疑っている。もしミミックなどの魔物が宝箱に擬態《ぎたい》しているのならば、さすがにスライムのように簡単に倒せるとは思えなかった。ミミックといえば、どんなゲームでもやたら強力だからな。それに、ミミックでないとしても、罠の可能性は否定できない。毒ガスが噴出したらこんな小さな部屋はすぐに充満してしまうし、開けた瞬間に矢が飛び出してくる仕掛けになっていたら絶対に避けられない。『いい大人』は宝箱を見つけたとしてもすぐには飛びつかないものなのだ。とはいえ、どうしたものやら。

「ん……そういえば」

よく考えたら、魔眼のスキルに『鑑定』というのがあった気がする。レベルは……

《スキル表示　鑑定：レベル1》

ちなみにスキルをどう使用するかは、感覚で分かっている。もちろん使用した。

《対象を鑑定中……完了》

《対象の名称：宝箱／生体反応：あり／危険度：高》

「うっ……マジか」

内容物は不明ながら、生体反応ありとか……絶対ミミックだろ。よしんばそうでなくても、生体反応のある宝箱とか、開けたらロクな目に遭《あ》わないだろう。当然、ここはスルーだ。気にならない。気にならないったらならない。

「……………」

俺は宝箱の置いてある側と反対側の壁を伝いながら進み、反対側にある扉を開けて進もうとして……なんとなく視線を感じ、振り返った。なんか、宝箱の蓋《ふた》がちょっと開いていた。3センチくらい。さっきはちゃんと閉じていたはずだよな？

「…………」

思わず、俺はそのわずかな隙間《すきま》に目を凝らす。

――じゅる、じゅるるっ。蓋の隙間から、テラテラと光る肉塊が蠢いているのがチラリと見え……パタン、と閉じられた。俺はダッシュで部屋を出た。

部屋を出ると、先ほどと同じような通路が伸びていた。ただし、今度は5メートルほどしかない。その先には、例によってまた扉があった。

「なるほど。だんだん構造が分かってきた気がするぞ」

どうやらこのダンジョンは、細長い通路と大小の部屋で構成されているようだ。

少なくともここまで進んだ限りでは内部の構造に統一性があるし、俺の推測はそう外れていないように思える。

実際、その後の構造はこれまでとそう変わりはなかった。だいたい、10メートルから30メートルほどの長さの通路が続き、扉がある。その先に部屋がある感じ。部屋の大きさは数メートル四方の小部屋から体育館ほどのホール状の広間までかなりの幅があった。

ちなみに通路で魔物に遭遇《そうぐう》したことはないから、このダンジョンに関しては通路は安全地帯のようだ。もっとも、部屋から通路まで追いかけてこないとは限らないので気は抜けない。

部屋に出るのはスライムが主で、たまに宝箱。スライムは弱いので退治して安全を確保し、宝箱は『鑑定』するともれなく危険判定が出たので全スルー。そんな感じで5、6部屋分くらい進んだあと……変化が現れた。

「扉が2つあるぞ……」

その部屋には、これまでと同じ鉄の扉と、それより重厚な鉄の扉があった。重厚な方はなぜか床に接しておらず、少しだけ斜めに据え付けられている。まるで、誰かが適当に壁に扉だけを貼り付けたような、奇妙な光景だった。

なんだこれ。メチャクチャ怪しいんだが。なんというか、いかにも『この先に何かありますよ』みたいな扉だ。

「これ……そういう壁のデザインとかじゃないよな？」

念のため『鑑定』してみると、ちゃんと『扉』だった。そうなれば、もう先に進むしか選択肢はなかった。俺の中の冒険魂がこいつを開けろと叫んでいる。罠とか危険度の表示もないので、警戒しつつノブを回してみる。

「回った……」

鍵はかかっていない。俺は胸の高鳴りを感じながら、重たい扉を押し開く。そして。

「うわっ!?!?」

慌てて扉を閉じた。扉の先は10畳ほどの広さの部屋だった。その奥に何かがうずくまっていた。たぶん魔物。見た目は狼みたいだが、馬よりも大きい。

そいつは、何十本もの槍《やり》で刺し貫かれていた。まるでハリネズミのような有様《ありさま》だった。

「なんだ今の!?」

ええと……槍が何十本も刺さった巨大な狼？　意味分からん。ていうか……怖！

確かに、この扉はこのダンジョンの他の扉に比べて明らかに異質だけど……なんだアレ。ていうか、アイツ生きてんのかな。生きてるんだろうな。ここのダンジョンの魔物、倒すとゲームみたいに消えるみたいだし。

……そうだ、この場所からでも『鑑定』は機能するかな？　せめて、相手の素性《すじょう》だけでも知っておきたい。
俺はスキル『鑑定』を起動した。何度も宝箱にかけてきたから、もうお手のものだ。
《対象を鑑定中……完了》
《対象の名称：魔狼／生体反応：微弱／危険度　低》
《対象の名称：トレント／生体反応：強／危険度　無》
《対象の名称：トレント／生体反応：強／危険度　無》
《対象の名称：トレント／生体反応：強／危険度　無》
《対象の名称：………》
おおう……何か大量に情報が出てきたぞ。
なるほど、狼っぽい魔物の名前は魔狼、と。見た目通りだな。トレント……というのは、もしかして槍のことか？　確かに槍は木製みたいだが。まあトレントと言えば樹の魔物だから、そうであれば鑑定に引っかかるのは頷《うなず》ける。
しかし……情報量の薄さはさすがレベル1といったところだ。狼については、まだかろうじて生きていることくらいしか分からん。
いずれにせよ、狼も槍型トレントも危険度は宝箱に比べると大幅に下だ。まあ、大量の槍に串刺しにされていたら危険度も何もあったものじゃないが。それにしても、狼の方は『生体反応：微弱』かぁ……瀕死《ひんし》ってことだよな、この場合。たしかにあんな痛々しい姿で元気なのはおかしいけども。

「…………」

俺は鉄扉に背中を預け、部屋の天井を眺めた。それから、少しだけグッと身体に力を込め、扉のノブに再び手をかけた。

正直、迷った。相手は死にかけで身動きがとれないとはいえ、巨大な狼だ。手負いの獣ほど恐ろしいものはないとも聞いたこともある。それでも、もう一度狼の様子を見てみたいと思ったのは……子供の頃、実家で大型犬を飼っていたからかもしれない。俺が中学に上がる頃に天寿を全《まっと》うしてしまったが、それまでの楽しかった光景が頭の中にどんどん湧き上がってきて……止められなくなった。この瀕死の狼の苦痛を、せめて取り除いてやりたいと思った。

……独りよがりなのは分かっている。けれども犬好きは、どんな時でも犬好きなのだ。

『…………』

部屋に足を踏み入れると、狼の耳がピクリと動き、閉じていた目を薄く開いた。

金色の綺麗な目だった。こちらに向かって唸《うな》り声を上げる気配もない。唸る気力がないのかもしれない。ただ、俺が一歩足を踏み出すと、狼の腹が警戒するように大きく上下した。

「お前は魔物なのか？　……っても、言葉が分かるわけがないか」

『………』

狼のすぐ側までやってきた。やはり唸り声を上げることすらせず、狼はただじっと俺のことを見上げている。俺が何をしようとしているのか、それを観察しているように思えた。

すでに狼はボロボロで瀕死の状態だ。もしかしたら、介錯《かいしゃく》を待っているのかもしれない。

俺はその逆のことをした。

左目の魔眼を通すと、槍の柄の中ほどで赤く発光する『点』が視えた。1ミリくらいの小さな点だ。ここがトレントの弱点らしい。槍の『弱点』というのも変な感じだが……槍が魔物ならば、頷ける。そしてスライムの時に分かったが、魔物は弱点を攻撃すればあっさり倒すことができるようだ。

俺は背負っていたリュックからドライバーセットを取り出した。その中から俺は錐を選び、グリップにセットする。

『………』

狼が大きく息を吐きだし、目を閉じた。残念。俺が刺そうと思っているのはお前じゃない。

俺は錐をグッと握りしめると、狼に刺さっている槍の柄の赤く光る『点』に突き刺した。

――パキン！　甲高《かんだか》い音と共に、まるでガラスのように槍が砕《くだ》け散った。その破片が光の粒子へと変わり、あっという間に虚空《こくう》に溶け消えていく。

ふう……一撃で倒せてよかった。

『…………』

狼が驚いたようにこちらをじっと見つめてくる。いや、俺もあっさり破壊できてびっくりしているんだけど……それはそれで無問題《ノープロブレム》だ。

「よし、この調子でいくぞ」

——パキン！　——パキン！　——パキン！　鑑定の結果出てきた名前はトレントだったが、身動きも反撃もしてこない。完全にただの槍だ。おかげで特に苦労することもなく、全ての槍を破壊することができた。

『……ぐる』

と、身体が自由になった狼が唸り声を上げながら、立ち上がろうとした。

「やべっ」

いくら瀕死だとはいえ、あの巨体で襲いかかってこられたらひとたまりもない。

俺は慌てて部屋から飛び出そうと踵を返した……のだが。

『……ガウ』

「……マジか」

なんと　おれは　おおかみに　まわりこまれてしまった！

って、ＲＰＧ風に言ってる場合じゃねえ！　どういう身のこなしなのか、瀕死だったはずの狼が一瞬で動き、俺の前に立ちふさがったのだ。動く姿、全く見えなかったんだが⁉　ここまでコイツが元気なのは想定していなかったぞ⁉

つーかなんか槍で刺されていた傷がすでに治っているように見えるんですけど……。

毛並みもツヤツヤの漆黒に戻っているし。もしかして、超回復とかそういうスキル持ちですか⁉　これはちょっと想定してなかった。ヤバい。一人の犬好きとしてコイツを助けたのは後悔していないが……どう考えてもこれ、絶体絶命だよな⁉

「そ、そこを通してほしいんだけど……」

『…………』

そっすか、ダメっすか……。

だが、いつまでたっても狼が襲いかかってくる様子はなかった。ただ不思議そうな目で、俺をじっと見つめているだけだ。そして、どれくらい時間が経っただろうか。

『…………』

狼がフゴッと大きく息を吐くと、俺から視線を外し、スッと横にどいた。

どうやら俺の犬愛が通じたらしい。

「ウッス、失礼します」

俺は狼を刺激しないようにゆっくりと側を通り抜け、部屋を出た。

はあ……今日はいろいろと疲れた。早くダンジョンを抜けて、自宅で熱いシャワーを浴びよう。そんなことをぼんやり考えながら、出口に向かって歩き出したのだが……。

「…………」

『…………』

なんか狼が、少し離れてずっと俺のあとをついてくるんだが？

「やべぇよやべぇよ……」

俺は完全に送り狼にビビっていた。いやだって、ダンジョンの中をいくら全力で走ってもゆっくり歩いてみても一定間隔でずっとついてくる巨大な狼がいたら、誰だって怖いに決まってるだろ!?　ただ幸いなのは、コイツは俺を取って食う気がなさそうなことだった。そうするつもりならば、とっくの昔に俺を仕留めているはずだからな。

「なんなんだよ、まったく……」

ヒタヒタと俺のあとをずっとついてくる狼をなるべく視界に入れないようにしながら、出口を目指す。そしていくつかの部屋と通路を抜け、ついにダンジョンの出口に到着した……その時だった。

『…………』

「えーっと……？」

さっきのように狼が素早く俺の前に立ちふさがった。通せんぼだ。なんだよコイツ……。

襲ってくる気配がないのはいいんだが、これではダンジョンから出られない。

「あの、そこから出たいんですけど」

『………』

俺を無視してフスッと鼻を鳴らし、出口をふさぐように座り込む狼。完全に『ここを出たければ我を倒していけ』みたいな状態だ。まさかダンジョンのボスか？　ボスなのか⁉　絶対に勝てる気がしないぞ……そもそもこんなモフモフの塊に暴力を働く自分が想像できない。

これは……完全に詰みでは？

『………』

そんな俺の様子に、なぜか狼が呆《あき》れたような目になった。クア……と大きなあくびをする。

と、その時だった。視界に文字が浮かび上がった。

《契約の確認・魔狼が契約の締結を求めています》

《契約しますか？》

契約？　なんだこれ⁉　目の前の文字からすると、『契約』とやらを求めてきているのはこの狼のようだが……。というかコイツの頭付近に▼のマークが浮かんでるし。

つまりこの狼は、俺と契約をしたいがために出口をふさいでいるということなのか？　つーか狼とする契約ってなんなんだ……。

そもそも、である。契約という文字はたった2文字だが、社畜という種族にとっては極めて重要な単語である。締結すれば契約に縛られることとなる。ましてや相手は魔物だ。俺にとって一方的に不利な可能性だって否定できない。そもそも契約の内容が示されていないのに締結するバカはいない。できれば事前に条項をしっかり精査したうえで、会社に持ち帰ったうえ法務担当に確認させて……って何を考えているんだ俺は。

頭を振って気持ちを切り替える。急に『契約』とかいう単語が出てきたせいで仕事モードに頭が切り替わってしまっていた。これは会社の仕事じゃない。プライベートだ。

とはいえ、内容の分からない契約を締結することなんて怖くてできるわけがない。

「あの……契約の内容って確認できませんかね？」

『……………』

おそるおそる尋ねると、再び狼はフスッと鼻を鳴らして俺の左目に視線を合わせてきた。

《契約内容の提示……従魔契約》

《第1条　汝《なんじ》と我は、従魔契約を締結することを――》

《――――――――――――》

おお、なんか一気に条項が出てきたぞ。なるほど、『従魔契約』か。これなら字面からなんとなく分かる。契約の主体が『汝』と『我』なのが多少気になるが、むしろ『甲』や『乙』より分かりやすいから問題ない。ざっくり要約すると、重要な部分はこう定められていた。

《――――――――》

一つ、俺と狼は従魔契約を結ぶ。主が俺で従が狼。
一つ、主人は従魔を養う義務がある。従魔は主人の身の安全を護る義務がある。
一つ、主人の得た力は任意で従魔に分け与えることができる。従魔が得た力は、1割を主人に還元しなければならない。

他にもいくつも細かい条項があったけど、『お互い険悪になった時は武力でなく話し合いで解決する』『相手が『魔族』あるいは『深淵《しんえん》の澱《おり》』だと判明した時は、その相手方は一方的に契約を解除することができる』などファンタジーっぽい条項があるものの、どちらかが一方的に不利になるようなものはなかった。ていうか魔族って反社みたいな扱いなのか……。

この狼のいた世界の世界観てそういう感じなのね。把握把握。

んで『深淵の澱』ってのも魔族と同列扱いだけど、字面からはよく分からない。魔族の魔物版的な存在とかだろうか？　まあ、語感からして危険そうではあるが。

契約の内容をざっと確認し、おおむね把握した。これ、要するに俺に対して自分を養ってくれっていう契約だよね？　いやまあ、犬は大好きだけど……こいつをお迎えするとなると、いろいろと問題が山積みだ。そもそも、である。

「君、でかすぎるんだよね……」

『………!?』

一番のネックはそこである。ていうかサラブレッドよりでかい狼とか、現代日本でどうやって飼育するんだって話だ。どう見ても、毎日牛1頭はぺろりと平らげそうなんだけど!?

『………』

あ、小さくなった。若干不本意な様子だったけど、俺との契約締結の方が大事だったらしい。

ともあれ、今や狼は豆柴くらいのサイズ感だ。可愛い。全身をモフり倒したい。

たしかうちのアパートは規約上小型犬までなら飼育可だったはずだ。このくらいのサイズなら問題ない。というかサイズ自由に変化できるんか、君は。さすがファンタジー狼だな。

……ええと。まだ他にも問題は大量にあるんだけど……こいつ、契約しないと多分出口からどかなさそうなんだよな。

仕方ない。俺は覚悟を決めた。できるだけ早く、届け出と予防接種だけはしっかり行っておこう。……あと、魔物って変な病気とか持ってないよね？　と、そうだ。

「ええと、君……名前とかないの？」

『魔狼』ってどう考えても種族名だよな。となると、せめて呼び名くらいは知りたいところだ。

……いや待てよ。俺は目の前に浮かんだままの契約条項に目を走らせる。

ああ、あったあった。結構下の方だ。そこにはこう書かれていた。

《汝は我との契約が完了した場合、汝は我に対する命名権を獲得する。なるべくカッコいい名前を付けるがよい》

なんかこの条項だけ、やたら狼の意思が前面に押し出されてないか？　まあいいけどさ。

そうだな、名前か……狼キャラっていうと、『ロボ』とか『フェンリル』とかいろいろ思いつくけど……既存の固有名詞はどうも抵抗がある。

かといって、『ポチ』とか『ペス』とかはしっくりこない。やっぱ無難に『クロ』とかだろうか。毛並み真っ黒だし。うん、それでいこう。

「よし……決めた。俺は君と契約することにする。名前は……『クロ』だ。いいね？」

『…………フスッ！』

魔狼――『クロ』が満足そうな様子で大きく鼻を鳴らした瞬間……パッと周囲が光に包まれた。一瞬目を細める。すぐに光は落ち着き、目の前に新たな文字が浮かび上がった。

《契約完了：主　廣井新　従　魔狼クロ》

どうやら主従契約は無事完了したようだ。

◆◇◆◇◆

「ただいま」

『…………』

ダンジョンで拾った狼――魔狼『クロ』を連れて帰宅する。すでに深夜だったからか、帰る途中に誰にも会わなかったのは幸いだった。ていうか今さらだけど、こいつって普通にダンジョンから出られるんだな……

となると、あのスライムとかどうなんだろう。あんなのが街に出てきたら、大騒動だぞ。ちょっと不安になってきた。まあ、ダンジョンの扉はちゃんと閉じたし、そもそも大した強さはないからすぐに駆除できるとは思うけど。

「ふあ……もうこんな時間か」

時計を見ると、すでに時刻は午前3時を回っていた。思い切り身体を動かしたのとクロの件があったせいで、さすがにクタクタだった。シャワーを浴びる前にちょっと休憩を……とベッドに座り込んだ途端睡魔が襲ってくる。とても抗《あらが》えない眠気だった。

「ごめんクロ、いろいろやるのは明日になってからだ」

言って、横になる。

『…………』

するとクロがベッドに上がってきて、俺の隣に寝転んだ。どうやら一緒に眠りたいらしい。

お腹の辺りに、モフっとした感触。おおふ……。

これまで味わったことのない多幸感が俺の全身を満たしてゆく。同時にクロを思い切り撫で回したい衝動に駆られたが、それはさすがに思いとどまった。こんなチビになっても、元は馬よりでかい狼の魔物だからな。今はまだ変なことをして機嫌を損ねたくない。それに、もう俺の眠気も限界だった。ついでに言えば、クロのモフモフの毛並みが身体に触れていることで猛烈な安心感が押し寄せてきて――

夢は、見なかった。

第2章　社畜、異世界に降り立つ

「ふあっ……ふぁっ⁉」

気づくと昼すぎだった。

し、しまった！　会社に遅刻……って今日は休みか。弊社の良いところの一つとして、お役所を相手にする業務がある関係でカレンダー通りのお休みをいただけることが挙げられる。

つまりは土日祝日休みなのである。つまり弊社はホワイト。朝7時半から夜23時まで働いて残業代出ないしボーナスも出ないけどホワイト。いいね？

『…………』

「あっごめん、起こしちゃったな」

慌てて飛び起きたせいで、隣で寝ていたクロを起こしてしまったようだ。頭をもたげ、どことなく非難するような目を向けてくるクロに軽く謝る。

「とりあえず飯にするか」

昨日の夜は結局ゼリーしか腹に入れてなかった。そのせいで猛烈に腹が減っている。

「ええと……あったあった」

冷凍庫を開けると、カチカチに凍ったタッパーがいくつか見えた。先週の休日に作りためていた惣菜《そうざい》類だ。たしか、今週用のやつは肉野菜炒《いた》めと肉マシマシの豚汁だったかな。しかもこれぞ男飯と言わんばかりのドカ盛りである。やはり社畜は体が資本。コンビニやスーパーの惣菜だけでは健康と体力を保てないから、休日にはできる限り自炊するようにしている。

自炊って最初こそ面倒くさいものだけど、何度か作ってコツを覚えてしまえば好きなものは作れるしそこらの惣菜なんかよりもずっと美味《おい》しいしで、すぐにハマってしまった。現在、俺の冷蔵庫の中にはよく分からない香辛料とか調味料とかが山ほど眠っている。

そういえば職場の同僚は同棲している彼女さんに作ってもらっているらしく、昼時になると可愛らしいお弁当を見せびらかしてきたっけ。

……寂しくないったら寂しくない。それはさておき、昼飯だ。

『…………』

「……ん？　どうしたクロ」

クロが俺の足元までやってきてこちらを見上げている。そういえばコイツの分も準備しないとだな。ええと、犬はネギ類とかニンニクはダメだったはずだから……。

肉野菜炒めは男飯なのでニンニクとニラたっぷりだから却下。というか俺の献立はこれに決まり。消去法でクロは豚汁だな。こっちはネギも玉ねぎも入れていないから問題ないはずだ。

というか……魔物でもやっぱその手の食材ってダメなんだろうか？　他にも魔物ならでは、魔狼ならではの苦手食材とかがあったら困るな。とはいえ、見た目は完全に犬だし匂いとかで食べられないと判断してくれることを願うばかりである。

「ま、大丈夫だろ」

俺はタッパーを２つ手に取ると、レンジに突っ込んだ。

「よし、いただきます！」

『………！』

無事加熱が終われば、食事タイムだ。テーブルには肉野菜炒めとご飯に味噌汁《みそ》が並んでいる。ご飯はあらかじめ小分けにして冷凍しておいたやつで、味噌汁はインスタントのやつ。

クロには肉マシマシ豚汁。さすがに熱々はダメだろうから、こっちは人肌程度の温度に調節した。もちろんテーブルの上に置いても食べられないから、床にランチョンマットを敷いてやり、広めの皿の上にタッパーを置いた。これでちょっとくらい食べ散らかしても大丈夫だ。

「……うん、うまい」

準備が整ったので、早速《さっそく》俺は熱々の肉と野菜をご飯と一緒に口の中に放り込んだ。

肉野菜炒めをぎゅっと噛み締めると、最初に来るのはジューシーな豚肉の旨《うま》みだ。その後に野菜のシャキシャキとした歯応え。味付けはニンニクペーストと塩胡椒《こしょう》、それにオイスターソースくらいのものだが、なんだかんだでシンプルイズベスト。これこそが至高。ご飯と味噌汁については、語るまでもないだろう。これぞ男の食卓というやつである。

『…………！』

クロの方も、最初は豚汁を警戒してペロリと舐めただけだったが、それで虜《とりこ》になったようだ。今ではガツガツと貪るように豚汁を食べている。気に入ってくれたのなら何よりだ。

「ふう、食った食った」

『…………』

クロも満足げに俺の足元で丸くなっている。で、人心地ついたところで思い出した。

「そういや俺……昨日結構な数の魔物を倒したよな」

スライムもだけど、トレントで作られた（？）槍もそうだ。正直、どのくらいマナを獲得できたのか気になる。

「ステータス、オープン」

俺の意思に呼応して、ステータスが目の前に表示される。

《廣井新　魔眼レベル：３》
《体力：１２０／１２０》
《魔力：２００／２００》

《スキル一覧：『ステータス認識』『異言語理解』『明晰夢』『魔眼色解除』『弱点看破：レベル2』『鑑定：レベル1』『身体能力強化：レベル1』》
《従魔：魔狼クロ→スキルセット（1）『なし』》
《現存マナ総量……105796マナ》
「なんじゃこりゃ……」
思わず思考が止まってしまった。
……なんか獲得マナ総量がバグってませんかね!? というかなんでこんなにマナ総量が多いのかとビックリしたが……心当たりはある。クロに刺さっていた槍型のトレントだ。どうやらあれを倒したせいで大量のマナを獲得したらしい。
「お前、とんでもないのに刺されまくっていたんだな……」
そんな感想を漏らす俺の足元でクロがジッとこちらを見上げている。何かを言いたげな視線だが、コイツは喋《しゃべ》らないから何を伝えたいのか分からない。それにしても……いきなり大量のマナゲットだぜ。確か35、36以上は破壊したから、1本あたりおおよそ3000マナくらいだろうか。ちなみにスマホの電卓アプリで計算したらスライム換算で250匹分だった。ヤバすぎる。RPGとかなら完全に終盤の敵じゃねーのこれ!? ていうか実はあの槍、とんでもなく危険なものだったんじゃ……。

対処を間違えていたら死んでたかもしれないと思ったら、ドッと冷や汗が出てきた。

まあ、とりあえず無事だから……無問題《ノープロブレム》ということで。さっさとレベルアップをしよう。

◆◇◆◇◆

「よし、こんなもんかな」
俺の目の前に浮かんだステータスを眺めながら、俺は一人ウンウンと頷いてみる。
《廣井新　魔眼レベル：3↓10》
《体力：120↓350》
《魔力：200↓570》
《スキル一覧：『ステータス認識』『異言語理解』『明晰夢』『魔眼色解除』『弱点看破：レベル2↓5』『鑑定：レベル1↓4』『身体能力強化：レベル1↓3』『魔眼光：レベル1↓3』『模倣：レベル1』》
《従魔：魔狼クロ↓スキルセット（1）『なし』》
《現存マナ総量……3500マナ》
よし。これでだいぶダンジョン攻略をしやすくなったんじゃないかな？　とりあえず魔眼のレベルを上げると体力と魔力が増えるのでこれをメインに上げつつ、探索に必要そうなスキルを伸ばすようにしてみた。どうも体力よりも魔力が上がりやすいように思えるけど、積極的にスキルを使っていった方がいいのだろうか？

で、スキルのレベル上げは『弱点看破』と『鑑定』、それに『身体能力強化』はダンジョンでの生存能力に直結するのでマスト。『魔眼光』はとりあえず余ったマナで取得して、適当にレベルを上げておいた。

ちなみに『模倣：レベル1』は、魔眼レベルが10になった時に取得したスキルである。

それはさておき、『模倣』はなんとなく効果が推測できるのだが、『魔眼光』ってなんだ。魔眼は光るのが基本っぽいし、さらに強く発光したり色が変わったりするのだろうか。

七色に変化するゲーミング魔眼とかになったらイヤすぎるんだが……。

まあ今回取得したスキルについては、ダンジョンに入った時に全部試してみるけど。

ちなみに現在取得できるものを取得したところ、『取得可能スキル一覧』にスキルが出てこなくなってしまった。またレベルを上げれば新たな取得可能スキルが出てくると思うが……出てくるよな？　まあ、それは今後レベルを上げた時のお楽しみ、ということで。

それと、もう一つ。クロのことだ。一応コイツは俺の『従魔』ということになっている。そして、ステータス一覧を見ると『スキルセット（1）『なし』』という項目が確認できた。これが何なのかレベルアップ作業をしている時は分からなかったが、どうも俺はクロにスキルを一つ覚えさせることができるようなのだ。ということでやってみる。

「クロ。俺のスキルはいろいろあるけど、お前は使いたいものあるか？」

『…………』

クロが俺の目をジッと見て、小首をかしげる。そうだよな、お前、狼っていうか魔物だもんな。俺の言葉、分からないよな……。

というか昨日の『従魔契約』なのだが、どう考えてもクロ自身が作り出したものではない気がするのだ。なんというか、そうだとするとあまりにも出来が良すぎるというか。ちなみに契約の条項は謎言語で書かれていた。ここは俺のスキル『異言語理解』とやらが仕事をしてくれたらしいので問題なかったのだが……。

ならばなおさら、コイツ自身が全く喋らないというのもおかしな話だ。だから現状から推察するに、多分この従魔契約とやらはクロ以外の存在が作ってクロが勝手に使っているものだと思われる。あるいは、『従魔契約』そのものがコイツのスキルなのかもしれない。いずれにしても、クロは俺の言っていることが分からないし、俺はクロの求めていることが仕草を通してしか分からない、ということだ。ということで、勝手にスキルをセットすることにした。

「クロ、ひとまずお前に与えるスキルはこれだ」

言って、俺はステータスを操作する。

《従魔：魔狼クロ↓スキルセット（1）『弱点看破』》

スキルを『弱点看破』にした理由は明確で、これがあればクロは魔物を効率的に倒すことができるだろうと思ったからだ。ただ、従魔にスキルをセットした場合はレベルが表示されないのは困った。これではクロがレベル1のスキルしか使えないのか、俺のスキルレベルが自動的に反映されるのかが分からない。

個人的にはどっちもありえると思うんだが……実戦で試してみないことには分からないな。

今日はまだ時間があるし、よく寝たおかげで体力も十分ある。

「クロ、もう一度あのダンジョンに入ろうと思うけど、大丈夫か？」

『…………！』

クロは吠《ほ》えたりしなかったが、こちらをしっかりと見て尻尾をブンブンと振っている。これはOKの意思だよな、多分。

「じゃ、行こうか」

ということで、俺はクロを連れダンジョンに向かった。

◆◇◆◇◆

「よし、いくぞクロ」

『…………』

俺とクロはビルの前で気合を入れる。ダンジョンへ続く扉があるビルは、通りから一本奥に入った場所に建っている。そのおかげで夕方だというのに周囲に人気はない。ビル自体も、休日なせいか内部に人の気配はなかった。念のため俺は辺りを見回してからダンジョンへ続く扉を開き、中へ入った。

「やっぱ独特の雰囲気があるよなあ、ここ」

ダンジョンの通路は、外と違い重苦しい空気が満ちているように思える。たぶん通路の狭さとか、石積みの壁とかいろいろな要素があるからだとは思うが……ここまで雰囲気というか空気をはっきり感じるのは、今回が初めてだ。もしかすると魔眼のレベルとか『身体能力強化』のレベルを上げたせいで知覚が鋭敏になっているのかもしれない。

ちなみに今回の探索では、俺は鉄パイプを装備している。当初は前回と同様に椅子とかでスライムを排除する予定だったのだが、ここまで来る間にあったゴミ捨て場にコイツが転がっていたので拝借してきた。というかゴミ捨て場に捨ててある鉄パイプとか、完全に不法投棄だよな？　シールとかも貼ってなかったから粗大ゴミでもないし。なので、俺が拾っても問題ない、はず……たぶん……きっと……。

まあ、鉄パイプの処遇はダンジョンの探索が終わってから考えるとしよう……。

……とかなんとか考えつつ、一番最初にスライムに遭遇した広間までやってきた。すると、昨日と同様にウジャウジャとスライムが湧いてきた。

今回は、9体ほど。やはり出現数は10体を基準に多少の振れ幅があるっぽい。

「よっ……と。……うわっ⁉」

——バシュッ！　スライムを排除しようと鉄パイプを軽く振ったら……消し飛んだ。もちろん弱点を狙って振り抜いたから、一撃で倒せてもおかしくはないんだが……想定以上の威力だ。これ、『身体能力強化』のレベルが上がったせいだよな⁉

「ま、苦戦するよりはいいか」

それにしても、ダンジョンに入ってからとにかく身体が軽く感じる。もしかすると、この場所だと現実世界よりも身体能力が上がっているのかもしれない。

……ならば。ふと思い立って、俺は思い切りジャンプしてみた。

「うわぁっ⁉⁉」

めっちゃ跳んだ。垂直飛びで、だいたい2メートルくらい。いやこれ、完全に世界新記録レベルなんだが⁉　少なくとも社畜おっさん（35歳、運動不足レベル99）が出していい出力じゃない。まあ、今後のことを考えるとこれくらいの脚力が必要かもしれないけど。ちなみに反射神経や身体感覚も向上しているのか、空中でバランスを崩すことはなかった。

そんな感じで身体の調子を確かめつつ、数十秒で広間のスライムを殲滅《せんめつ》完了。ちなみにクロはそんな俺を『我の出番はまだだな』みたいな感じで泰然とお座りしながら待っていた。可愛い奴め。次の部屋へ移動。

「問題はコイツだよなぁ……」

通路を抜けた先の小部屋に鎮座する宝箱を見て、俺は唸り声を上げる。この宝箱は、昨日の『鑑定』の結果からミミックであることがほぼ確実視されている。コイツを開くか開かず先に進むかどうかで、迷っているのだ。

『……………』

「ん、どうしたクロ」

と、クロが俺の足元でこっちを見上げているのに気づいた。と思えば宝箱に近づいて、フンフンと周囲を嗅《か》いでみせる。クロは俺に何を伝えたいのだろうか？　……あ、なるほど。

「よし、分かった。新しい『鑑定』を試せってことだな」

まさに、こういう時のために『鑑定』のレベルを上げたんだった。早速使ってみる。

《対象を鑑定中……完了》

《対象の名称：ミミック／体力：1500　魔力：50／危険度　高》
《ミミック……ダンジョンの宝箱に宿り獲物を狙う魔物。宝箱を開くと触手を伸ばして襲ってくるが、開かず宝箱ごと叩き潰してしまえばよい。ドロップ品は倒してからのお楽しみ》
なんかカジュアルな説明が出てきたぞ。まあ分かりやすいからいいけど。なるほど、これが『鑑定』レベルを上げた恩恵《おんけい》か。ていうか、ミミックの倒し方ってこんな脳筋スタイルでいいんだ……まあ、わざわざ開ける必要はないだろうけどさ。それに今の俺は、かなりの腕力があるはずだ。宝箱が見た目通り普通の木製プラスアルファくらいの耐久力ならば、叩き潰せないこともないだろう。
「じゃあ、『鑑定』の結果を信じて……ぬわっ⁉」
『ジュルジュルッ‼』
近づいて鉄パイプを振りかぶった、その瞬間だった。いきなり宝箱が開き、中からイカのような触手が飛び出してきた。触手は俺の攻撃を止めようとしたのか、振りかぶった腕に巻き付いてくる。うわっ……ヌルヌルして気色悪っ⁉　つーか宝箱の中は牙だらけだし、その奥には一つ目の眼球がギョロギョロ蠢いているし……マジで気色悪っ‼　こんなところに引きずり込まれたら、絶対無事じゃ済まないだろ……！
『ジュルジュルッ‼』

ミミックが触手を使ってギリギリと腕を締め上げてくる。身体能力が上がっているせいか痛みはほとんど感じないが、これでは鉄パイプを振り下ろせない。クソ、完全に膠着《こうちゃく》状態だ。

いや、僅《わず》かだけどミミックの方が力が強いようで、少しずつ引き寄せられている。このままじゃまずいかも……！　と、その時だった。

『ガルッ……‼』

横から唸り声が聞こえたと思ったら、目の前を黒いモノが通り過ぎた。

バツンッ！　俺の腕に巻き付いていた触手が弾けるように千切《ちぎ》れ飛んだ。

「クロ！　サンキュー！」

どうやらクロがミミックの触手に襲いかかり切断してくれたようだ。さすがは従魔、きちんと仕事をしてくれる！　もちろんこの隙を逃すつもりはない。

「うおりゃあぁぁっっ‼」

コイツの弱点は、『弱点看破』のおかげで視えている。ちょうど牙だらけの口の奥、ギョロっとした眼球だ。俺は渾身《こんしん》の力を込めて、そこをめがけて鉄パイプを突き立てる。

――グシャッ！　鈍く湿った音が響き、ミミックの本体がビクンと縮んだ。まるでイソギンチャクとかナマコとかに刺激を与えたような反応だ。だが、さすがにスライムのように一撃必殺とはいかなかった。

「まだまだ！」

ミミックに捕まりそうになった恐怖も手伝って、俺は一心不乱に鉄パイプを『弱点』に振り下ろす。気づけば、ミミックはぐったりとしており……スライムを倒した時のように、やがて光の粒子になって消滅した。

「はあ、はあ……なんとかなったな……」

ミミックを倒せた。それを自覚して、その場に座り込む。するとクロが近寄ってきて俺の身体に鼻を押し付けてきた。

「……クロ、ありがとな。助かったよ」

『……………！』

言って、クロの頭をグリグリと撫でてやる。するとクロは尻尾をブンブンと振って気持ちよさそうにしていた。ダンジョンから帰ったら、何かご褒美《ほうび》をあげないとだな。

「……ん？　なんだこれ」

しばらくクロを撫で回して癒《いや》されたあと。ミミックの消えた宝箱の中に、何か細長い物体が入っているのが見えた。

「これは……？」

もしやドロップ品だろうか？　ドキドキしながらとりあえず拾い上げてみる。

それは鞘《さや》に入った、短めの剣だった。

「これは……短剣か」

全長はおおよそ40センチくらい。全体的に武骨なフォルムで、いかにも実用品、といった風情である。個人的には、派手な装飾が施されているよりもこういうシンプルな感じの方がグッとくるな。機能美、というのだろうか？　鞘から抜いてみると、刃は鉈《なた》のように分厚い造りになっていた。刃渡りはだいたい25センチくらいだろうか。

「おお……カッコいい！」

ダンジョンらしいアイテムに、がぜんテンションが上がる。

『…………』

クロも興味津々《しんしん》な様子で、俺の手に持った短剣の匂いをフンフンと嗅いでいた。

そうだ、この短剣のスペックはどうなっているんだろうか？　『鑑定』で確認してみる。

《種別：短剣　名称：ダガー　付与効果：なし　品質：低》

《ノースルイン王国周辺で生産されている一般的なダガー。街道に出没する盗賊がよく所持している》

解説付きで短剣の名前が出てきた。ていうかノースルイン王国ってなんぞ。どう考えても地球上の国じゃないよな。その後の説明も現代とは思えないし。となると、このダンジョンは異世界のものなのだろうか？　まあ、左目の魔眼でしか入口が見えない時点で普通じゃないのは分かっているけどさ。
そうなると、このダンジョンの先ががぜん気になってくる。もしかして、このまま進むと異世界に繋がっていたり……とか？　それを確かめるには、とにかく進んでみるしかない。
俺はミミックのいた部屋を抜け、さらに奥へと歩みを進める。
「とりあえず……本格的な武器が手に入ったのは大きいな」
次からはミミックに捕まっても落ち着いて対処できるし、もっと危険な魔物が出てきた時には戦闘らしい戦闘ができるかもしれない。もっとも、ドロップした短剣は鉄パイプよりもリーチが短いから、大きな魔物が出てきたらあまり役に立たない気がするけど。……そういえば、さっきレベルアップと一緒に取得したスキルの中に気になるものがあった。
俺は無言でステータスを呼び出す。
《廣井新　魔眼レベル：10》
《体力：345／350》
《魔力：570／570》
《スキル一覧：『ステータス認識』『異言語理解』『明晰夢』『魔眼色解除』『弱点看破：レベル5』『鑑定：レベル4』『身体能力強化：レベル3』『魔眼光：レベル3』『模倣：レベル1』》

《従魔：魔狼クロ↓スキルセット（1）『弱点看破』》

《現存マナ総量……5108マナ》

体力がちょっと減っているのは、ミミックに掴まれたからだろうか。どのみち無視できるレベルの減少幅だ。それと、マナ総量がかなり増えていた。ダンジョンに入る前まではたしか3500だったから、スライムとミミック討伐で1600強、マナが増えた計算になる。

スライムはたしか1体あたり12マナだったはずだから……ミミックは1500マナくらいあったのか。つーかミミック、単純計算でスライムの125倍強いってことになるぞ。

もちろんマナの量イコール強さとは限らないけど……それでも、二度目の探索で相手にしていたら絶対に捕食されて死んでただろこれ。今さらながら身震いしてきた。今後も気を引き締めて慎重に進むことにしよう……。

それはさておき新スキルだ。次の部屋に入ったところで、とあるスキルに視線を合わせる。

『魔眼光：レベル3』これだ。

どうやらステータスに注釈や説明が表示されないハードモード（？）なので、スキルは実際に使ってみるまで効果が分からない。とはいえ発動方法自体は頭の中に『インストール』されているから、そこからおおよその発動効果は推測できる。

これ、どうやら目から光線が出るスキルらしい。しかもチャージができるとのこと。なんというか、『魔眼』らしいスキルだ。となれば試すしかない。

この部屋はかなり広く、奥行きは20メートル以上ありそうだ。俺が足を踏み入れたことにより出現したのは、例によってスライム。動きも遅いし、ちょうどいい感じの標的だ。俺は一番近くにいたスライムに視線を合わせた。それじゃ、いくぞ……！

——キイィィン……！　左目に力を込めると何かが収束するような音がして——限界までチャージしたところで、射出。

——バヂンッ！　爆《は》ぜるような音と共に、目の前のスライムが消滅した。よく見ればスライムの言っていた石床には穴が穿《うが》たれ、そこからシュウウゥ……と煙が立ち上っている。

「………なるほど………これはヤバいわ」

うん、ちょっと引くほどの威力だ。多分一般的な拳銃とかより強力だよな？

ちなみにこのスキルは魔力消費型のようだ。見れば、魔力が《520／570》と50ほど減っている。ノーマル時とチャージ時の消費魔力が分からないが、最大までチャージした場合はだいたい11回ほど使える計算か。他の魔物に対する攻撃力にもよるが、今後どのくらい続くかも分からないダンジョンを探索するうえでは、それほど気軽に使える回数ではない。それにチャージ時間が5秒ほど必要だから、使う場面はよく見極める必要がありそうだ。

「とりあえず、先に進むか」

『…………』

ちなみに他の部屋にいたミミックは最大チャージの『魔眼光』で弱点をブチ抜けば一撃で倒せた。ドロップ品は異世界産（？）の硬貨だったり小さなペンダントだったので、もしかしたらランダム性があるのかもしれない。そして……俺たちはクロと出会った扉のある広間に到着した。相変わらず適当に取り付けたような扉の他にもう一つ、奥へと続く扉が見えた。

「ここからが未知の領域だな」

『…………！』

心なしか、俺を見上げるクロのテンションも上々のように見える。それを眺めていると、俺もワクワクした気持ちが胸の奥で燃え上がってくるのを感じた。

「よし、いくぞ」

広間の扉の先はこれまで同様、通路が続いていた。だが、違う点もある。通路の数メートル先にある、下へと続く階段だ。

「これ、階層が変わる感じなのかな」

となると思い浮かぶのは、ゲームのような『階層構造』。ここまで来るのに、このような階段は存在しなかった。しかも一本道の最後に、下り階段だ。多分だが、そういうことなんだと思う。となれば、この先は今までより強い敵が出てくるかもしれない。

ごくり、と唾を飲み込む。

「よし……行くぞ」

階下に降りると、通路の雰囲気が一変した。石造りなのは同じだが、かなり汚れているし空気がかび臭い。壁面の篝火《かがりび》も弱く、薄暗い。足元に転がっているのは動物の骨だろうか？　人間のものじゃないと思いたい。

「なんか……本格的にダンジョンって感じだな」

これまではＪＲＰＧ的な明るさがあったが、ここは洋ゲーっぽい陰鬱《いんうつ》さがある。

『…………』

クロの様子も、さっきまでののんびりした様子と打って変わって、鋭い雰囲気を漂わせていた。とにかく、慎重に進もう。通路は10メートルくらい進むと折れ曲がっていて、さらに20メートルほど先に鉄扉《てっぴ》が見えた。この辺りの仕様は上の階と共通のようだ。となれば、この先は部屋になっているはずだ。そして、魔物もいると思われる。

「クロ、準備はいいか？」

『…………』

俺は右手に鉄パイプ、左手に短剣を持ちながらクロに呼びかける。するとクロは小さく尻尾を振って応えてくれた。可愛い。

「じゃあ、いくぞ」

鉄の扉を開いた。内部は通路より暗く、よく見えない。照明といえば、天井の真ん中からゴテゴテしたシャンデリアらしきものが一つ吊り下がっているだけだ。そのシャンデリアにしても、光源となっているのは10本くらいの蝋燭《ろうそく》の火だけ。この部屋がかなり広く天井の高いホール状で何本かの太い柱に支えられていることは分かるものの、全体像はほとんど掴めない。

ただ、内部に魔物らしき気配はなかった。静かなものだ。物音一つ聞こえない。

「…………」

『…………』

一応周囲を警戒しながら、俺とクロはソロリソロリと部屋に入った。

うーん、それにしても暗すぎてよく分からないな。少し進んでみたものの、足元の様子すらおぼつかない。魔眼のスキルに暗視能力とかあればいいんだけど……レベルを上げたら出てこないかな？　もちろん今はそんな便利スキルはないので、俺は素直に懐中電灯を点けることにした。いったん短剣は鞘に納め、持ってきたリュックにイン。明かりを点けるとパッと周囲が明るくなり、広間の柱や壁面の構造がよく分かるようになった。そこで、それが見えた。

「…………ひぁっ!?」

変な声が出た。

骨だ。そこら中に、骨が転がっていた。それも人骨だ。何人分、とかそういうレベルじゃない。床という床にばらまかれた白骨死体。壁面には横長の穴が開いており、そこにも白骨死体が詰め込まれている。それに柱。やけにゴテゴテしたデザインだと思ったら、足元から天井まで全部人骨で装飾されていた。あまりのおぞましさに吐き気が込み上げてくるが、口を押さえてどうにか耐える。

これ……いわゆる地下墳墓《カタコンベ》とかそういう場所なのだろうか？　これに似た場所が、ヨーロッパとかにあったような気がする。それにしても悪趣味だが……。

『ガル……！』

と、クロが唸り声を上げた。視線の先は、懐中電灯の光が届かない闇の中だ。

……まさか。そう思った瞬間、カロンと音がした。さらに別の場所からカロンと音が鳴る。

――カロン。カシャン。今度は後ろから。右から。左から。

――カロン。カシャン。カシャン。カシャカシャカシャカシャカシャカシャカシャカシャカシャカシャカシャカシャカシャカシャカシャカシャカシャカシャ――

ついにはあらゆる場所で音が鳴り響き、広間全体が甲高い騒音で埋め尽くされた。

「クロ、これは罠だ！」

俺は思わず叫んだ。音の原因はすぐに判明した。目の前には動く人骨がいた。右にも左にも。

振り返っても、動く人骨だらけだった。懐中電灯で照らした範囲だけでも、100体は下らないだろう。俺たちは完全に包囲されていた。

これはいわゆる『モンスターハウス』だ。

部屋に入るといきなり大量の魔物に囲まれるという、ダンジョンゲーではおなじみの罠。まさか自分自身がかかるとは思わなかったぞ……もちろん気分は最悪だ。そしてこの魔物は『鑑定』しなくても分かる。スケルトンだ。

不幸中の幸いだったのは、出現したのがスケルトンだけだったことだ。ここで肉付きの良いヤツとか《ゾンビやグール》が出てきたら発狂していた自信があるぞ！　それにしても……部屋に魔物が出現しないとは思っていなかったが、さすがに数が多すぎる！　しかも、なぜか『弱点看破』が効いていない。スケルトンの身体のどこにも、『赤い点』が見つからないのだ。

「っても、やるっきゃないよな……！」

やらなきゃやられるだけだ。一応、『鑑定』で敵の情報を確認する。

《対象の名称：スケルトン／生命力０　魔力０／危険度　中》

《スケルトン……彷徨《さまよ》える骸骨《がいこつ》。１体だけなら大して強くないが、集団で襲われると危険。弱点は存在しないが、どこかで死霊術師《ネクロマンサー》が操っている。それを倒せばただの骸骨に戻る》

なるほど、そういう仕様かよ……！　でも、これだけの数に囲まれてどうしろと!?　つーか死霊術師《ネクロマンサー》と言われても人の気配なんてなかったぞ!? どこだよ！ ……と思ったら、ホールの奥にある柱の陰に、ローブを羽織り妙な杖を掲げたスケルトンが見えた。杖からぼんやりと青い光を放っているから、丸見えだった。……ネタが割れてしまえば話は早い。

「クロ、あの杖を持ったガイコツを叩く！ お前は無理せず――」

『ガウッ!!』

「うおおっ!?」

俺についてこいと言いかけたところでクロが吠え……巨大化した。小さくなる前の堂々たる姿に戻ったのだ。驚く俺の前で、クロはスッと伏せをした。

「……もしかして、乗れって言ってるのか？」

『……フスッ！』

あ、これは『早くしろ』のフスッ！ だ。こっちをジロリと眺めているし、すぐに分かった。

そうこうしているうちにスケルトンの群れがカシャカシャと俺たちに向かってきている。圧《お》し潰される前にどうにかしないと。

「頼む、クロ！」

俺はクロの背中にまたがり、首元のたてがみを掴んだ。次の瞬間。クロが跳んだ。

「ぬわぁっ!?!?」

慌ててクロにしがみついた。ものすごい勢いで景色が後ろに流れていく。まるで風になったような気分だった。気づけば死霊術師《ネクロマンサー》の前に着地していた。どうやらクロはスケルトンたちの頭上を一気に飛び越えてしまったらしい。だが、このチャンスを逃すつもりはない。死霊術師《ネクロマンサー》の胸部には、赤く光る拳大の玉が見える。間違いない、あれが弱点だ。

「これでどうだあああぁぁ！！！！」

俺は雄たけびを上げながら、渾身の力で死霊術師の胸部に鉄パイプを叩き込んだ。

——ガシャァァァン！　まるでガラスが砕けるような音が響き、死霊術師《ネクロマンサー》スケルトンがバラバラに砕け散る。

次の瞬間、今まで大群で蠢いていたスケルトンたちが動きを止めた。カラカラと音を立て、バラバラに崩壊していく。広間に静寂が戻るまで、そう時間はかからなかった。

「……ふう。さっきのはちょっとビビったな」

動くものがいなくなった広間で、俺は安堵のため息を吐いた。ちなみに気づいた時にはクロは元の豆柴サイズに戻っていた。もったいない……。

「クロ、よくやった」

『………………』

とりあえずご褒美に思いきりモフっておいた。なおどっちにとってご褒美だったかは不明。

◆◇◆◇◆

スケルトンのいた広間を抜けるとまた通路があり、広間や小部屋があった。上階の構造と似たような感じだ。出現する魔物は、どの部屋もスケルトンと死霊術師《ネクロマンサー》だけだった。どうやら階層で魔物の種類が固定されているらしい。それでも部屋ごとにちょっとした違いがあり、スケルトンが剣やメイスを持っていたり、複数体の死霊術師《ネクロマンサー》が出現したりしたが……死霊術師《ネクロマンサー》を叩けば全てのスケルトンが沈黙するので、大した脅威とは感じなかった。

余談だが、クロは俺が戦っている方とは別の死霊術師《ネクロマンサー》に素早く飛びかかり、胸の赤い玉を噛み砕いていた。セットしたスキル『弱点看破』を有効活用してくれているようで嬉《うれ》しい。

そんな感じで出てくる魔物たちを軒並《のきな》みなぎ倒し、この階層最後と思《おぼ》しき広間へやってきた。

ここはこれまでと違いちゃんと篝火が灯っており、静謐《せいひつ》な空気が漂っている。

「これは……？」

その広間の奥には、大きな祭壇らしきものがあった。高さは3メートルほど。十数段の階段を昇ると上は2メートル四方の平場になっており、そこに『魔法陣』が描かれていた。

そう、魔法陣だ。円形で謎言語と複雑な紋様で構成された、淡く光るアレである。

「すげ……」
当たり前だが、本物なんて見たのは生まれて初めてだ。がぜんテンションが上がる。
一応、鑑定しておくか。ここまでの道中で、魔物でもなんでも変わったものは『鑑定』する癖が付いている。というわけでよろしくお願いします、鑑定先生！
《名称：転移魔法陣（双方向性）》
《登録座標：メディ寺院遺跡最奥部　転移先：メディ寺院遺跡外縁部》
《転移魔法陣……座標を指定し、離れた場所と場所を転移できる魔法陣の総称。その複雑な術式にはルイケ・ソプ魔導王朝期の魔導言語が用いられている。遺跡がダンジョン化してもなお正常に機能しており、これは用いられた魔導言語の堅牢さを示している》
なるほどなるほど。さっきの短剣に続いて謎王朝が出てきたけど、コイツは転移魔法陣らしい。それと、このダンジョンが『メディ寺院』という遺跡で、ここが最奥部のようだ。
で、魔法陣の転移先から推察するに……どうやらこれ、ゲームとかでよくある『脱出用』魔法陣らしい。まあ、ここから入口まで引き返すの、かったるいもんね。祭壇に設置されているのは、元々こうなのか『ダンジョン化』とやらでこうなったのか微妙なところだ。まあ、なんとなくだが後者のような気がする。普通に考えて、祭壇の上に脱出口なんて設置しないだろうからな。で、問題はこの転移魔法陣の行き先なわけだが……『鑑定』の説明によれば、どうやらこのダンジョンの外側に出られるようだ。

「……ちょっと待てよ」

そこで俺は気づく。この魔法陣における『外』って……どこだ？　『鑑定』の説明によれば、コイツの行き先は『メディ寺院遺跡外縁部』だ。外縁部って多分ビルの外じゃないよな。ってことは……まさか、この魔法陣を使えばガチの異世界に転移できる……ってコト？

「………………」

俺は腕時計を見た。まだ時刻は19時を回ったところだ。明日は仕事だが、時間的にはまだ余裕がある。それにこれまでの様子から、このダンジョンと外部……現実世界との時間のズレはほとんどないものと思われる。となると、この転移魔法陣でダンジョンの外に転移したとしても、『帰ってきたら数百年経ってました』みたいなことにはならないだろう。鑑定先生の信頼性は、これまでの『鑑定』で証明されている。この魔法陣は『双方向性』とのことだから、転移した先にも対になる魔法陣があるはずだ。それはつまり魔法陣でここまで戻ってくることもできる、という意味でもある。ならば……。

「クロ、ちょっとこの先に行ってみたくないか？」

『………………！』

俺の提案に、尻尾を揺らすクロ。どうやらコイツも乗り気のようだ。

ならば、もう俺を止める理由はない。

「すうー、はあー」

俺は深呼吸を何度かしてから、転移魔法陣の上に足を踏み出した。

次の瞬間。周囲が閃光に包まれ、浮遊感が身体を襲う。俺は思わずギュッと目を瞑った。

◆◇◆◇◆

「……ここは？」

目を開くと、視界一杯に緑色が飛び込んできた。

頬を撫でる爽《さわ》やかな風。サワサワと木がそよぐ心地よい音。間違いなく、ビルの立ち並ぶ街の中じゃなかった。静かな森に囲まれた広場の隅っこに、俺は立っていた。

「…………」

天を仰《あお》ぐ。真っ青な空が見えた。少し早い雲が流れていくのが見える。どうやらここは現実世界とは違い、まだ昼間のようだ。見渡せば、広場の中央に崩れた石壁や石床が見えた。あれは多分、遺跡の一部なのだろう。こっちは完全に崩壊しているらしい。足元には、苔《こけ》むした石畳に刻まれ光を放つ転移魔法陣が見えた。これにもう一度乗り直せば、最深部に戻ることができるはずだ。

それにしても……なるほど、これが『メディ寺院遺跡』の外観というわけか。建物はほぼ崩壊しているものの、意外と小綺麗な様子ではある。なんというか、きちんと『清掃』されている。日本でも廃寺とか廃神社なんかは、もっと荒れ放題だからな。よく見ると、崩れた石壁のふもとに花束が手向《たむ》けられていた。やはり、人の手が入った場所のようだ。

『………フスッ！』

と、周囲の景色に見とれていたら足元で鼻を鳴らす音がした。

「お、クロも転移できたか」

見慣れた黒い毛玉に視線を落とし、ホッとする。

「さて、ここからどうするかが問題だ」

間違いなくここが異世界だということは分かった。それだけでも十分な成果だ。時間も遅いし、今日はここまでで切り上げてもいいと思う。だが……それと同時に、もう少しだけ先に進んでみたいという欲もあった。結論から言うと、俺は後者を選択した。

「クロ、いこう」

『………』

遺跡の広間からは、森に通じる小道があった。その奥へと俺は歩を進める。クロは特に不満を示すわけでもなく、俺の少し後ろをトテトテとついてきた。

「それにしてもすごい場所だな。ジャングルか？　ここは」

森の木々は鬱蒼《うっそう》と生い茂っていて、昼間だというのにかなり薄暗い。だというのに迷わず歩けているのは、森の小道がしっかりと整備されているからだ。足元は石畳が敷き詰められていてかなり歩きやすい。さっきの花束のこともあるし、もしかするとこの遺跡は観光地か何かなのだろうか？　そんなことを考えながらのんびり歩いていた、その時だった。

——ギイン！　ギギン！

「なんだ？」

道の先から、何か金属をぶつけ合うような甲高い音が聞こえてきた。それに、誰かの叫び声や獣の唸り声。森の天辺が突風に吹かれたようにザワザワと蠢いた。これ、もしかして……。

「クロ、急ごう」

『…………！』

言って、俺は走り出す。そして……すぐに何が起きているのかが分かった。

「クソ、なぜこの場所にワイバーンが！」

『ガオオォオッッ!!』

鎧《よろい》姿の女性が修道女らしき女性をかばいながら、ドラゴンらしき魔物と交戦していた。

◆◇◆◇◆

「……クソ、なぜこの場所に矮翼竜《ワイバーン》が！」

非常にまずいことになった。

レーネ・ロルナは森の上空を旋回する大きな影を睨《にら》みつけ、悪態を吐いた。

確かに先ほどまでいた『聖地』メディ寺院遺跡は、レーネが駐在する監視砦《とりで》からもそれなりの距離があり、『魔界』との境界も近い。だが、まさかその帰路で竜種に襲われるのは完全に想定外だった。

──王都のシャロク教総本山から『黄金の聖女』がここまでお忍びで巡礼にやってくるという内容の封書が、伝令兵経由でもたらされた。つい3日前のことだ。その内容によれば、すでに彼女は王都を出発しており、2日後には到着するという。この監視砦を監督するべく王国騎士団より派遣されてきたレーネは砦の兵たちと共に、慌ててこの一帯の魔物の駆除を行った。とはいえ、『魔界』との境界よりこちら側は、砦に配置された一般兵たちでも倒せるような小物ばかりだ。特に苦労もなく『聖地』まで道周辺にいる魔物どもを一掃し、それでも万が一のことを考え自分が護衛として付き従っていたのだが──

思い返せば、今日この森に入ってからというもの、周囲が不気味なほど静まり返っていた。駆除済みの魔物はともかくとして、鳥のさえずりどころか、虫の声すら聞こえなかったのだ。

それで、行く道でその異変に気づくべきだった。あるいはレーネが熟練の冒険者、それも『斥候職《スカウト》』ならば森に潜む竜の気配に気づけたのだろうが……この春で王立騎士学院を卒業し晴れて王国騎士団に配属されたのち、指揮官育成訓練を兼ねてこの地に赴任してきた新米騎士レーネには、どだい無理な話であった。だが、魔物にそんな言い訳は通用しない。

「来い、はぐれ竜！　真っ二つにしてやる！」

レーネは自分を鼓舞するため、上空を旋回する矮翼竜《ワイバーン》に大声で怒鳴《どな》りつけた。あれはおそらく……森の奥、魔界側にそびえるオミド山脈に巣くう群れの一体だろう。もっともこの時期にこんな場所で、たった1体だけで彷徨っているということは……雌《めす》とつがえず群れを追い出された雄《おす》個体――『はぐれ竜』に違いなかった。実際、竜はしばらく餌にもありついていないのかひどく痩《や》せていた。つまり他の個体に比べれば、はるかに弱い。

「ならば……！」

騎士学院では、実戦課程を含め全て『最優』を取得し首席で卒業している。

大丈夫だ。私ならば……やれる。レーネは覚悟を決めた。

『ガアアァァッ!!』

その殺気に呼応したのか、矮翼竜《ワイバーン》が吼《ほ》えた。上空で身をひるがえすと、レーネに向かって勢いよく急降下してくる。鋭い鉤爪《かぎづめ》が目前に迫り——

——ギィン！

「ぐぅっ！」

矮翼竜《ワイバーン》の引っ掻《か》き攻撃を、幅広の騎士剣《ブロードソード》でどうにか受け流す。

「くそ、腐っても竜種か。重い……ッ！」

今の攻撃で剣の刃が大きく欠けてしまった。騎士剣は王都の名匠が鍛えた業物《わざもの》だが、矮翼竜《ワイバーン》は野生の馬を獲物にするほど巨大な魔物だ。人族の身で攻撃を受け止められただけでも上出来だった。

「ぐっ……指が……」

もっとも、その代償は大きい。今の衝撃で指の骨が数本折れてしまった。今は残る指と気力でどうにか剣を持ち上げているが、また同じ攻撃を受ければ次はない。監視砦の兵士長に無理を言ってでも重装兵用の大盾を借りてくるべきだった。レーネは後悔したが、時すでに遅し。

「レーネ様！」

すぐ背後で、叫び声が聞こえた。聖女様……聖女アンリ様だ。

彼女はこのノースルイン王国にたった3人しかいない、封魔の力を持つ『聖女』だ。魔族どもや連中に与《くみ》する腐れ貴族どもに見つからぬよう、危険を冒してでも単身この『聖地』まで巡礼にやってこられたというのに……彼女に死なれてしまっては、仮に『勇者召喚《しょうかん》』が成功したとしても魔王の封印手段が失われてしまう。自分の命に代えても、彼女だけはお護りせねば。

「アンリ様、決して顔を上げてはなりませんぞ！　砦までは森が続きますゆえ、茂みに身を隠しながらこの場から速《すみ》やかに離れてください！」

「でも……それでは貴女《あなた》が！」

「早く！　私の細腕では、そう長く持ちませぬ」

慈悲深いお方だ。シャロク教大司教に続く地位であるにもかかわらず、たった1日顔を合わせただけの自分の命すらも気にかけてくださる。だからこそ、お護りせねば。強い崇拝の念がレーネの胸に込み上げる。ここで聖女様を無事逃がすことができるのならば、自分が死ぬ意味は十分にある。しかも敵は矮翼竜《ワイバーン》とはいえ竜種だ。相手に不足はない。

「ぐうぅ……！」

レーネは折れ曲がった指を無理矢理元に戻すと、両手で剣を握り直す。

「――《拘束《バインド》》」

レーネは魔法を唱えた。魔力の糸が彼女の手から伸び、剣と両手を固く縛り上げた。王国騎士が習得すべき捕縛魔法の一つ、『拘束《バインド》』。本来は罪人などを捕縛するための魔法であるが、これで何本指が折れても剣を持つのに支障はなくなる。

「これでよし。捕縛魔法は、もう少し真面目に勉強しておくべきだったな」

そうすれば、竜を縛り上げることもできたであろうに。

「まあ……是非もない」

レーネは苦笑してから口を引き結び、姿勢を低くして、腰だめに剣を構えた。捨て身の剣ならば、必ず相手に届かせねばなるまい。ならば、身体ごと竜にぶつかるのが最善。

この身が竜の爪に引き裂かれようとも、剣がその心臓に届けば何も問題はない。

『オオオォォォン！』

矮翼竜《ワイバーン》が雄たけびを上げ、再び攻撃の体勢を見せた。大きく旋回し、こちらに姿勢を向けた。勢いよく急降下してくる。

「我が死に場所はここにあり……ウオオオオォォッ!!」

レーネもまた、雄たけびを上げた。

襲いかかってくる矮翼竜《ワイバーン》目がけて渾身の刺突《しとつ》を放ち――

「…………は？」

剣が空を突いた。来るべき衝撃も来なかった。覚悟していた痛みもない。唖然《あぜん》とした顔でレーネは見上げる。すぐ目の前で、急制動をかけた矮翼竜《ワイバーン》が翼を大きく広げていた。そして、その喉袋が膨れ上がり赤熱しているのが見えた。

「しまった……こいつ、雌だ……！」

矮翼竜《ワイバーン》は女系社会だ。その理由は、単純。雄はただの空飛ぶ猛獣に過ぎないが、雌は火焔《かえん》ブレスを吐く。雄より雌の方がはるかに強いのだ。性成熟を迎えた矮翼竜《ワイバーン》の雌は、繁殖期に入ると自分の卵を温めるために『赤熱鉱』という高熱を発する魔力鉱石を食べ、喉の袋に蓄える。これで体温を維持しつつ冬の間も凍えることなく産んだ卵を温めるのだが……この『赤熱鉱』は、巣に近づいた外敵を排除する時や、獲物を狩る時にも用いられる。

つまり相手を火焔ブレスで焼き殺すことができる。

学院時代に習った知識が、彼女の脳裏に鮮明に蘇る。だが、あまりにもおそすぎた。

「む、無念……」

剣の届かない高さからブレスを吐かれてしまえば、なす術《すべ》はない。まさに今、レーネは『獲物』だった。

「聖女様、どうかご無事で――」

避けようのない死を前に、しかしレーネは目を見開き矮翼竜《ワイバーン》を睨みつけた。それが彼女にできる、精一杯の抵抗だった。その時だった。

――バシュッ！　レーネの視界を横切るように、一条の閃光が迸《ほとばし》る。空気が爆ぜるような音が彼女の耳をつんざいた。矮翼竜《ワイバーン》の頭部が消し飛んだのは、それと同時だった。力を失った竜の巨体が、地響きと共に地に墜ちる。

「…………………は？」

何が起きたのか分からなかった。

だが、自分の最期の時が今日ではなくなったことだけは、かろうじて理解できた。

「あ、あっぶねぇぇぇぇ……！」

そして……彼女の耳に、悲鳴じみた男の声が飛び込んできて……そこで我に返った。

◆◇◆◇◆

「あ、あっぶねぇぇぇぇ……！」

マジでギリギリだった。

ドンピシャでドラゴンの頭部をマックスまでチャージした『魔眼光』がブチ抜いたおかげで、一撃で撃墜《げきつい》することができた。ナイスエイム、俺。ドラゴンが女騎士っぽい人に襲いかかる寸前に一瞬動きが止まったのは、全くの偶然だ。なんか喉元が焼けた鉄みたいに赤熱していたから……もしかしてブレスを吐く体勢だったのだろうか？

だとすれば、選択を誤ったなドラゴン君よ。そのおかげでしっかり狙うことができた。もちろん女騎士さんも修道女さんも無事だ。足元でクロも『でかしたぞ』みたいな顔で俺を見上げ、誇らしげに尻尾をブンブンと振っている。可愛い奴め。

「あの、大丈夫ですか……？」

首無し死体になったドラゴンを避けるようにして2人に近づき、声をかける。もちろん左目は警戒されないよう『魔眼色解除』で普通の目の色にしている。その辺はぬかりない。

「む……っ⁉」

と、女騎士さんがこちらを見て、驚いたように目を見開いた。それから、両手に持っていた剣を構えようとして……すぐに下げた。急に声をかけたせいで驚かせてしまったようだ。

「失礼。……貴方がこれを？」

女騎士さんは何か絡まったものを解くような動作をしてから剣を鞘に納め、光の粒子へと還りつつある竜の死骸に視線を落とした。不思議なもので、鎧姿の人物に剣を向けられたというのに俺は全く恐怖を覚えなかった。もしかしたら、これまでダンジョンで魔物を大量に倒してきたことと竜を倒したことで感覚が麻痺してしまったのかもしれない。

「ええと……まあ、はい」

どう答えたらいいか分からなかったので、とりあえず曖昧に答える。

「あの、レーネ様。間違いないと思います。私はこの方が魔法で竜の首を吹き飛ばすのを見ました」

修道女さんが立ち上がると、そう補足してくれた。

「そう、だったのか……どうやら我々は命拾いをしたようだ。……感謝する」

「あの、私からも……助けていただきありがとうございます」

「どういたしまして」

2人が頭を下げてきたので、俺も頭を下げる。

それにしても……2人とも、びっくりするほどの美人さんだな。女騎士さんの方は、歳はおそらく20歳過ぎ。銀髪で、キリッとした顔立ちだ。身長は俺より少し低いくらいだけど、手足はスラリと長くモデルのようだ。ちなみに修道女というかシスターさんはどことなく小動物っぽい雰囲気で、髪はサラサラの金髪。歳は女騎士さんより若く、たぶん15、16歳くらい。美人と言うよりは美少女、といった感じだな。

「申し遅れたが、私はレーネ・ロルナと申す。ノースルイン王国騎士団に所属する騎士だ。現在はこの道の先にある監視砦に駐在している。こちらはアンリ殿。見てのとおり、シャロク教の聖じょ……巡礼者だ」

おお、いろいろ国名とか宗教とか出てきたけど何一つ分からん。あと今、そこの美少女シスターさんを見て『聖女』とか言いかけませんでしたかね？　まあ、聖女だろうがシスターだろうが俺にとってはよく分からん存在なわけだが。とりあえず、この場所が異世界であることは間違いなさそうだ。それはさておき、こちらも自己紹介はしておくか。肩書は……商人かな？　まあ、間違ってはいないはずだ。

「私はアラタと申します。あ、姓はヒロイです。一応商人をしております」

「ほう……ヒロイ殿、か。初めて聞く家名だが、異国の民だろうか？　……いや、失礼。風貌がこの国の民とは異なるように見えるものでな」

「ええ……まあ」

とりあえず曖昧に濁《にご》しておく。そっかー、たしかに俺とロルナさんたちは髪や目の色、それに顔立ちもだいぶ違う感じだからな。もっともそんな俺をきちんと人間として扱ってくれているのなら、彼女はそう悪い人ではないのかもしれない。

「……と、そうだ」

ロルナさんが思い出したように言った。

「命の恩人にこのような場所で立ち話というのも失礼な話だ。ヒロイ殿がよろしければ、砦までお越しいただけないだろうか？　ワイバーンが退治されたことを報告すれば、砦主もヒロイ殿を歓迎するだろう」

なるほど。おそらくこれは社交辞令というやつだな。ロルナさんは口調こそ丁寧《ていねい》ではあるが、ややぎこちない態度だ。俺がこの場に居るべき人間ではないと察した上で対話しているように見える。というか……彼女の視線は俺やクロの一挙一動を観察しているように見えるし、アンリさんを上手く庇うような立ち位置をキープしている。さすがに盗賊だとか危険人物だとは思われていなさそうだが……恩人だからと手放しで歓迎されている風にも見えなかった。これは、彼女の言葉を真《ま》に受けて、誘いにホイホイついていくのは遠慮した方がよさそうだ。

それに……くいくいと足を引っ張られる感覚があり下を見れば、クロが俺のズボンの端を咥《くわ》え引っ張っていた。そこで気づく。腕時計をチラリと見る。すでに時刻は21時を過ぎていた。お誘いはさておいても、そろそろ帰宅しなければまずい。明日は普通に仕事だからな。

「申し訳ありません、ロルナさん。ご招待いただきとてもありがたく思うのですが、実はこの先の村に向かうことになっておりまして……少々急いでいるのです」

「ふむ、この先にある村で商い……か。…………承知した。貴方がそういうのであれば、引き留めるのは悪いな」

ロルナさんは一瞬だけ腑《ふ》に落ちなさそうな表情になったが、頷いた。……ボロ、出してないよな？　ちょっと不安だ。とはいえ、ことさら引き留めるつもりはないらしい。

「本当にすみません。もし機会があればまたいずれ」

「貴方は私たちの恩人だ。またこの近くを通る時は……是非、砦を訪ねてほしい。門番にもきちんと話は通しておく。むげに扱うようなことはしないと約束する」

「はい。その時は是非に」

俺も一応そう言って、軽く頭を下げる。こっちは社交辞令かどうかは分からなかった。

彼女はすぐに表情をキリッとしたものに切り替えると、姿勢を正す。

「すまないが、私たちもこれで失礼する。ワイバーンとはいえ竜が出現したのだ。速やかに砦へ伝えなければならない。また会えることを祈っているよ、ヒロイ殿。……さあアンリ様、行きましょう」

「はい。……ヒロイ様に、神のご加護のあらんことを。それでは、ごきげんよう」

そう言って、ロルナさんとアンリさんは道の向こうへと消えていった。

「……ふう。緊張した」

2人の姿が見えなくなると、力が抜けた。一触即発というほどではないが、なぜか会話の端々にピリピリとした緊張感が漂っていた。まるで新規顧客との商談みたいだった。この手の腹の探り合いは、何度味わっても慣れないな。

『………』

「おっと、ごめんごめん。夕飯まだだったな。さっさと帰ろう」

クロがフスフス鼻を鳴らしながら、俺の足に鼻先でツンツンと突っつき攻撃を繰り返している。さっさと帰らねば。まあ、このあとダンジョンを逆攻略することになるんですけどね。

とりあえずウザったい死霊術師《ネクロマンサー》スケルトンは全力でシバき倒しながら帰った。

……あ、もちろんゲットした短剣などのアイテムはダンジョンの入口付近に置いて帰りましたとも。銃刀法違反で捕まるのはイヤだからね。

◆◇◆◇◆

「ふう……マジで疲れたな」

無事自宅に帰ってきたところで、どっと疲労感が押し寄せてきた。どうやらステータスが上がったところで、疲労が溜まらなくなるというわけではないようだ。ただ、身体が痛いだとか怠《だる》いとかではなく、精神的な疲労が大きな割合を占めているような気がする。ひと眠りすれば疲れも吹っ飛ぶだろう。

「じゃあ、ご飯にするか」

『フスッ!』

あ、これは完全に『はやくしろ』のフスッ! だな。はいはい分かってますよー。

「クロには、これだ」

言って、俺は買い物袋の中から缶詰を取り出した。帰り道の途中にあるドラッグストアで買ってきた、ワンちゃん用の缶詰フードだ。今日はクロが大活躍したので、奮発して一番高いヤツを買ってきた。まあクロは生物学上（？）犬ではないのでこれでいいのか分からないが、人間の食べ物をずっと与えるのは抵抗があるからな。コイツの好きなものが分かればいいんだけど……どうやって調べたものやら。鑑定先生のレベルを上げたら分かるかな？

それはさておき、まずは食事だ。俺は床に皿を置いて、その上に缶詰から取り出したフードを盛りつけた。この手のフードって、匂いは本当に美味しそうなんだよな。まあ、俺にはコンビニで買ってきた牛焼肉丼とチャーハン＆激盛パスタの超漢飯セットがあるから問題ない。

『…………』

おっと、クロが『おまえふとるぞ』みたいな顔でこちらを見ている。大丈夫大丈夫、今日は人生で一番身体動かしたから問題ない。このくらいならば大丈夫……のはず。

「さて、いただきます」

『…………』

俺が食べ始めると、クロもガツガツとフードを食べ始めた。何も言わないのに待っているとか、賢すぎか？　このワンコ。いや魔狼だけど。

それにしても、最近はコンビニ飯のクオリティも上がったよなぁ。牛焼肉丼なんて、口の中に頬張るとなんだか炭焼きっぽい香りがしたりもするし。チャーハンはいわずもがな。激盛パスタは……とにかく量が多い。いずれにせよ、独身男性の心強い味方である。

「そうだ、今日のリザルトは……」

チャーハンを口に詰め込みながら、俺はステータスを開示する。

《廣井新　魔眼レベル：10》

《体力：３４５／３５０》

《魔力：２５０／５７０》

《スキル一覧：『ステータス認識』『異言語理解』『明晰夢』『魔眼色解除』『弱点看破：レベル５』『鑑定：レベル４』『身体能力強化：レベル３』『魔眼光：レベル３』『模倣：レベル１』》

《従魔：魔狼クロ↓スキルセット（1）『弱点看破』》

《現存マナ総量……４０００００マナ》

《模倣：『隠密』を習得可能　取得マナ：５０００》

《模倣：『アンデッド召喚（スケルトン）』を習得可能　取得マナ：２００００》

《模倣：『ルイケ・ソプ魔導言語（基礎）』を習得可能　取得マナ：５００》

《模倣：『ドラゴンブレス（火焔）』を取得可能　取得マナ：２５０００》

おお……!?　なんか新しい項目が出てきたぞ。

なるほど、『模倣』は見たり体験したりしたスキルを習得できるようになるスキルらしい。

これ、地味にチートな気がするぞ……！　で、習得できるスキルだけど……取得コストは総じて高めだ。ただ、『ルイケ・ソプ魔導言語（基礎）』だけはかなりお買い得のようだ。ルイケ・ソプてのは、たしか転移魔法陣を作った文明だっけ？　もしかして、この言語を習得すると転移魔法陣が使えるようになるとか？　まあ（基礎）って言うくらいだから、そんな虫のいい話にはならないと思うが。

他で気になるのは、『隠密』かな。多分ミミックかスライムのスキルだろう。これは、絶対に定時に帰りたい時に気配を消して事務所から脱出する際に使えそうな気がするからマストだな。まあ、あとで絶対にバレるやつだけど。

それ以外のスキル――『アンデッド召喚』だとか『ドラゴンブレス』なんかはこっちの世界で使えるかというと微妙だし、取得コストが高すぎるからパス。それに今のところ『魔眼光』で遠距離攻撃は間に合っているし。

で、マナをどう振り分けていくか、だが……まずは『鑑定』をなるべく強化したい。これまでの経験で分かったことだが、なんだかんだで情報が生命線だ。だからまずはこいつにつぎ込んで、マナが余ったら別のスキルを取得する方向で。

ちなみにだが『鑑定』はまだ人に対して使ったことはない。なんとなくだが使ってはいけない気がするのだ。いや、だってさ……知ってはいけない情報とか知っちゃったら怖いし？　適当な通行人にかけたら実はソイツが殺人鬼だった日には、しばらく寝られないと思う。

それとか、実は課長の趣味が……実は女装だったりしたらどうするよ？　もう二度と目を合わせて喋れない気がする。だから多分、今後も『鑑定』を人に使うことはないと思う。

それはさておき。マナをスキルレベルアップとスキル取得に費やす。

《廣井新　魔眼レベル：10》

《体力：345／350》

《魔力：250／570》

《スキル一覧：『ステータス認識』『異言語理解』『明晰夢』『魔眼色解除』『ルイケ・ソプ魔導言語（基礎）』『『弱点看破：レベル5』『鑑定：レベル6』『身体能力強化：レベル3』『魔眼光：レベル3』『模倣：レベル1』『隠密：レベル1』》

《従魔：魔狼クロ↓スキルセット（1）『弱点看破』》

《現存マナ総量……7600マナ》

結局『鑑定』はレベルを2ほど上げることができた。残りのマナは『隠密』と『ルイケ・ソプ魔導言語（基礎）』の習得で使った。あとのスキルは、今後のお楽しみということで。

……それと『鑑定』がレベルアップしたことによりステータスの『鑑定』が可能になった。

ということで、手始めに『身体能力強化：レベル3』を『鑑定』。さてさて。

《身体能力強化……筋力・反応速度・思考能力などあらゆる身体能力を向上させる。大気中のマナ濃度により能力向上の割合が上下する》

……うん。まあ、こんなものだよね。とはいえ、説明の後半に記載された情報はかなり重要だ。思い起こせば、ダンジョンの中ではやたら身体が軽かったり、軽くジャンプするだけで2メートル以上跳躍できたりしていた。どうやらダンジョンは外に比べマナ濃度が高いということなのだろう。これについては、ダンジョンと現実世界、あとは可能ならば異世界で、どの程度身体能力に差が出るのか検証しておいた方がいいな。そんな感じでスキルに『鑑定』をかけたり用事を済ませたりしていたら、あっという間に就寝時間になっていた。

「ふあ……」

シャワーを終え、ベッドに寝転がるとすぐに眠気が襲ってきた。クロもベッドにチョコンと乗ってきて、俺の側で丸くなり準備万端のようだ。というかすでに寝息を立てている。

「………」

そういえば、休日をまるまる何かに費やしたのはいつぶりだろうか。少なくともここ数年は休みになると日ごろの疲れを取るためにベッドでゴロゴロしているか、近所に買い出しに行くかのどちらかだった。たしかに身体はクタクタだ。だけど胸の中は充実感でいっぱいだった。

今日はぐっすり眠れそう。実際、夢も見ずに気づけば朝になっていた。

◆◇◆◇◆

「先輩、彼女でもできました？」

出社して外回りの準備をしていたら、隣の席の同僚から声をかけられた。

「いや……別に。なんでそう思ったんだよ」

「いやいや！　普通に分かりますって。なんなんすか最近の、その余裕な態度。まさか、ついに大人っすか〜？　大人の階段昇ったっすか〜？」

ニヤニヤ顔の同僚には悪いがそんな事実も予定もない。こいつ……それを分かったうえで言っているのか？　だがコイツは年がら年中こんな調子だ。ここでキレてもあまり意味はない。

「違うよ……実は最近、お犬様をお迎えしてな」

「そっすか｜……」

一瞬同僚は悲しそうな顔をしたが、すぐにパァっと顔を明るくさせた。

「おめでとうございます先輩、犬系彼女ができたんすね！　ていうか彼女さんを『お犬様』呼ばわりとか、先輩って意外と鬼畜系だったんすか？　やりますねぇ〜」

「お前な……そろそろ怒るぞ」

「ちょっ……冗談っすよ冗談！」

俺の殺気が伝わったのか同僚は慌てて訂正し『アハハ……』と誤魔化すように頭を掻いた。

「でもワンちゃんやネコちゃんをお迎えすると独身期間が伸びるって聞きますからねー。そこは注意した方がいいっすよ？　ウチも姉貴が『1人暮らしが寂しいから』とか言って猫を飼い始めて、そっからもう10年以上彼氏ができていないらしいんで」

「……そうだな、気を付けとくよ」

はあ……コイツとは一回りほど年が離れているが、デスクが隣同士なせいかやたら話しかけてくる。もちろん悪い奴じゃないことはよく知っているし、仕事もできる奴だ。というか、コイツが入社した時の指導係が俺だったからな。あっという間に仕事面では追い抜かれたが。

だというのに、すでに独り立ちしたあともなぜか『先輩、先輩』と慕《した》ってくれている。まあ、ちょっと舐められているのかもなと、感じることもあるが……。

それでも、これまでの関係もあって別段不快というほどではない。言ってみれば、『陽キャってこんな感じだよなぁ』を体現したようなキャラである。だから、『そんなものだ』と思えば気になることもない。それにそもそも、俺もコイツのことを『お前』呼ばわりしているからな。お互い様だ。

「ていうかお前はどうなんだよ。もう彼女さんと長いんだろ」

「あー、まあそれは……うぇへへ」

なぜか同僚は、およそ陽キャとは思えない笑みを浮かべると、頬をぽりぽりと掻いた。

「なんだよその気色悪い笑みは」

「いや、実は……相方とは、今度籍を入れることになりまして」

いきなり爆弾発言が飛び出した。いや、別に爆弾ってほどでもないが……隙あらば彼女さんの惚気《のろけ》話を振ってきていたからな。ちなみに馴《な》れ初《そ》めは不良にナンパされて困っていた彼女さんを助けたことだそうだ（不良にはボコボコにされたらしいが）。カッコよすぎだろこの男。

ちなみに彼女さんにも会ったことがあるが（同僚の忘れ物を届けに会社までやって来た）、派手な色黒ギャルだった。見た目はともかく、礼儀正しい子だったのを覚えている。素直に２人の幸せを祝いたい。

俺については……どうだろうな。とにかく、俺は俺の人生を生きるだけだ。今はクロもいるし。そういえば、クロは今頃どうしてるだろうか？　さすがに平日休むわけにもいかず、留守番させているが……そうだな。あいつのためにも、今後はなるべく早く帰るようにしよう。

◆◇◆◇◆

『…………』

魔狼——今はクロと呼ばれている——は、ベッドの上でふと顔を上げた。

主が『しごと』とやらに出かけてから、すでに結構な時間が経っている。ベッドから降り、主が準備してくれていた水を少し飲む。それから窓の外を見た。すでに空は赤らんでいた。


『…………』

クロは腹が減っていた。そして退屈だった。もちろん食事については、主が帰宅するまでは我慢するつもりだ。主と一緒に食べる食事ほど幸せなものはないからだ。けれども、退屈についてはどうしようもなかった。主が『退屈しないように』と起動したままにしてくれている『てれび』とかいう魔道具も、もう見飽きてしまった。おかげで『こちら側』の情勢や言語体系が少しだけ理解できたのは僥倖《ぎょうこう》だったが。


『…………』

クロは考える。『こちら側』は信じられないほど平和だ。夜道を歩いていても盗賊に襲われることもないどころか、女性が武装もせず、護衛もつけず、出歩いているのを見た。

ときおり魔物のものと思われるマナの残滓《ざんし》を嗅ぎ取ることはあったが、それもどういうわけかすぐに消えてしまうことが多かった。もちろん戦乱の気配は欠片《かけら》も見当たらない。

『あちら側』では、『神域』の奥で暮らしていたにもかかわらず……戦乱には抗えなかった。

クロはその時のことを思い出す。神域が炎に包まれた、あの日のことを。

いつものように『神獣の巫女《みこ》』たちに世話をされ、のんびりと寛《くつろ》いているところに連中がやってきた。忌々《いまいま》しい異教の神官どもだ。

神官どもは魔物を使役し、未知の魔法を使ってきたが……聖域を土足で踏み荒らす者たちに、クロは一切の容赦をしなかった。おかげで巫女たちを含め、多くの者が混乱から逃げ延びることができたはずだ。だが敵は圧倒的な数と強力な魔法を武器に、ついにはクロを神殿の地下室に追い詰めた。そしてクロは槍状の拘束魔法で壁に縫《ぬ》い留められ、部屋は次元ごと世界から切り離された。千年以上も前のことだ。

『…………』

クロはブルブルと身震いをして、嫌な記憶を頭の中から追い出そうとした。けれども、胸にこびりついた孤独と絶望はなかなか消えてくれそうになかった。

……大丈夫。ちょっとだけ。主が帰ってくるのは、夜になってからだ。それまでに外の空気を少しだけ吸って、戻ってくればいい。本当にそれだけ。

『…………』

パシュン、と部屋に閃光がほとばしる。

次の瞬間。クロは姿を仔狼から人へと姿を変えていた。毛並みと同じ、黒髪の女性姿だ。

『…………』

念のため洗面所に向かった。そして鏡の前で、クロは『むふー』と鼻を鳴らした。とても満足そうに。変化は完璧《かんぺき》だった。人の暮らす場所では人の姿をしている方が何かと便利なことは、経験上分かっている。それにこの世界では、基本的に狼1頭では外を出歩かないことも『てれび』で学んだ。もちろん衣服も着用済みである。準備は完璧に整っている。

――かちゃり。きいぃ……。彼女は部屋の扉を開き、外に出た。

「あらぁ？」

『…………!?』

いきなり横から声をかけられた。慌てて見れば、人族の女性がびっくりしたような顔で立っていた。70歳くらいの老婆だ。薄く白い袋を手に提げている。買い出しの帰りのようだ。主が買い物をしたあと似たような袋を下げていたので間違いない。

『…………』

困った。主に迷惑をかけないようにと思った矢先にこれだ。クロはこの者を知っている。

この多層構造の長屋――この世界では『あぱーと』とかいうらしい――の隣に1人で住んで

いる女性だ。察するに、夫に先立たれたらしいが……詳しいことは分からない。いずれにせよ、クロが挨拶《あいさつ》を交わしたことはない。出会った時は、狼の姿をしていたからだ。

「あらあらまああ」

女性姿のクロを見て、なぜか老婆は嬉しそうな顔になった。

「廣井さん、まさかこんな綺麗なお嬢さんとお付き合いされていたなんてねぇ。知らなかったわぁ……！　貴方、もしかして女優さん？　いやだわぁ、廣井さんも隅《すみ》に置けないわねぇ。でもよかったわぁ。あの人、休日も疲れた顔してたからねぇ……心配してたのよぉ」

『…………』

クロには、この老婆が何を捲《まく》し立てているのかさっぱり分からなかったが、何か勘違いしているらしいことだけは察することができた。とはいえ、まだこの世界の言葉をまともに話すことができないクロには否定する術がない。

『…………イツモオセワニナッテオリマス』

とりあえず、主がいつも遠距離通信用の魔道具に話しかけている言葉を喋った。主がこの言葉を使用している状況から総合して考えると、間違いなくこの国の挨拶だからだ。

「はい、こちらこそお世話様です。廣井さん、いい人でしょ？　実はちょっと前にね、私そこの階段で転んじゃったのよ。そしたらちょうど彼が出勤するところでね……運よく助けてもら

えたのよ。会社に遅刻するかもしれないのに、救急車まで呼んでくれてねぇ。ああ、大丈夫よ？　ただの打撲で済んだから。それでねぇ、──────」

まずい、とクロは思った。これは間違いなく長くなるやつだ。かつてクロを世話してくれていた巫女たちの中にも、この状態に入ると止まらなくなる者がいた。どうしたものか……

『…………』

クロにできることは、老婆の話が終わるのをただ待つことだけだった。

◆◇◆◇◆

「ただいま。クロ、いい子にしてたか～？」

『…………』

帰宅して自宅の扉を開くが返事はなかった。中に入ると、クロはベッドの上でスヤスヤと眠っていた。テレビはつけっぱなしのままだったが、なぜか音量がオフになっている。もしかしてクロがリモコンを踏んづけたのだろうか。そのせいで部屋が静かになったから眠くなったのかもしれない。それにしても……。

ここ数日は早めに仕事を切り上げて帰宅しているが、それでもクロには少し寂しい思いをさせてしまっているのかもしれない。

『…………フスッ』

と、俺の気配がしたせいかクロが鼻を鳴らし、頭を持ち上げた。

「ああ、起こしちゃったか。ごめんごめん」

…………クロ、今日は妙に疲れているように見えるんだが、気のせいだろうか？

◆◇◆◇◆

（俺の名前は駒田《コマダ》ユウ、17歳）

（どこにでもいる高校2年生だ）

（部活は剣道部と手芸部の掛け持ち）

（血のつながっていない妹と幼馴染《おさななじみ》はいるが彼女はまだいない）

……彼——駒田ユウがなぜこんなことを確認しているかというと。彼の目の前に広がっている光景が、学校の教室ではなく中世ヨーロッパのような白亜の宮殿だったからだ。

それと、20、30人くらいの鎧姿の男たちや派手な格好の女の人に囲まれているのもユウの混迷を深めていた。

（ええと……一体何が起きたんだ）

ユウはこれまでのことを思い出そうとした。たしか普通に朝起きて、普通に通学。トラックや電車に轢《ひ》かれて死んだ覚えは、多分ない。きちんと学校までは辿《たど》り着いたはずだ。そして校舎の3階にある教室の扉を開けて、クラスメイトに挨拶をしつつ中に入ろうとして——

気づけばこの場所に立っていた。

（やっぱり意味分かんねぇ……）

ユウは頭を抱えた。と、その時だった。

「おお、勇者殿！」

ユウを囲んでいた大勢の中から、一番立派な服をまとった男が進み出てきた。彫《ほり》の深い、明らかに日本人とは思えない風貌《ふうぼう》の五十代後半くらいの男だ。禿頭《はげ》で、王冠のようなものを被《かぶ》っている。

「余はノースルイン王国国王、リント・ノースルイン13世である。よくぞ我らの召喚に応じてくれた。歓迎するぞ、異界の民よ」

「は、はあ。俺は駒田ユウっていいます」

（これ……もしかして異世界召喚ってやつか!?　絶対そうだろこれ！）

ユウは現在、授業で世界史を学んでいる。だから分かる。ノースルイン王国なんて国家は、どの時代にも登場した覚えはない。それに……明らかに相手は日本人ではない。だというのに、どういうわけか言葉は通じている。それがさらにユウの確信を深める結果となった。

王様らしき男が先を続ける。

「おお、勇者殿。我が王国は、魔王ブラドムーゼ率いる魔族の軍勢により滅亡の危機に瀕しているのだ。もちろん急な話であることは分かっている。混乱もしているだろう。だが……奴らを討ち滅ぼすために、どうか我々に力を貸してほしいのだ」

「いや、そんなことを言っても……俺、ただの高校生ですよ？」

もちろん敬語で答えた。ユウはそれなりにウェブ小説などを嗜むタイプだ。その手の物語では、ここで王様に『タメ語』を使って『面白い奴だ！』みたいな展開が鉄板なのだが……普通の高校生であるユウに、そんな度胸はなかった。

「ふむ、コウコウセイという身分は存じぬが……いずれせよ、そなたが異界の民であることが重要なのだ」

王が顎《あご》ひげを軽く撫でたあと力強く頷く。

「我が国の伝承では、異界の民がこの世界に召喚された場合は神の加護を受け、大いなる力を授かるという。……大臣、ここに『開示の水晶』を」

「はっ」

もう一人、王より少し年老いた男が出てきて、紫色の球を彼に手渡した。そしてそれをユウに差し出してきた。

「勇者コマダユウ殿、これに手を触れてくれぬか。なに、危険はない。これはそなたに秘められた力を開示する魔道具だ」

どのみちこの状況で『いやです』と言える雰囲気ではなかった。王や女性はともかくとして、ユウを取り囲んでいる連中の中には武装した者も多くいるからだ。

「まあ、それくらいなら……」

ユウは少しだけためらいながらも、そっと水晶に手を触れた。ひんやりとした感触が伝わってくる。だがそれ以外に、特に身体に変化が起きた感じはなかった。

「ふむ……なるほど」

しばらく水晶に手を触れていると、王様が満足したように頷いた。

「喜ぶといい。そなたには素晴らしい力が宿っている。『剣聖』というスキルだ」

「……けんせい？」

「うむ。剣術スキル系統の最上位に属するスキルであるぞ。剣ならば、その形状や長短を問わず自在に使いこなすことができるようになるはずだ。おそらく我が国で勇者殿に敵《かな》う者はすでにいないだろう」

「なにそれすごい」

（……剣道部では万年補欠以下のザコで後輩にすらボコボコにやられる俺が、剣聖だって？）

冗談みたいな話だとユウは思ったが、妙な実感もあった。取り巻きの騎士っぽい人たちの一挙一動が『理解《わか》る』のだ。

例えば……王様の隣に控えている大柄な騎士っぽい男の人は、こちらをかなり警戒している。すぐに剣を抜けるように、少し半身に構えている。典型的な右利きの構えだ。それにさっきから、強い『殺気』を感じる。事を起こすとなれば、最初の挙動は鞘から剣を抜くと同時の斬り払いだろう。その次は振りかぶっての斬り下ろし。どちらも速いから、俺の現在の身体能力では躱《かわ》せない。彼を無力化するのならば、騎士が剣を抜く直前に懐《ふところ》に入り込み鞘を抜こうとする手を左手でしっかり押さえ、右手で彼の眼球を――

「…………っ!?」

ほんの一瞬で、大柄な騎士を『殺す』イメージがブワッと頭に浮かび上がってきた。

（なんだ……これ）

自覚した瞬間、ドッと嫌な汗が噴き出てきた。

「む……恐れながら、我が主」

大柄な騎士が顔をしかめると、隣の王に話しかけた。

「彼は今、殺気に反応して私を殺そうとしました。そしておそらく、それはたやすく成されたことでしょう」

「ほう……そうか、そうか」

王様は満足げに顔を綻《ほころ》ばせ、大きく頷く。

「……自覚したであろう。そなたには『剣聖』の力が宿っておる。食事用のナイフが1本でもあれば、今この場で我々を皆殺しにできる力だ。だが……願わくば、その力を魔王討伐に役立ててほしい」

「……力があるのは分かりました。でも……少し考えさせてください」

そう言うのがやっとだった。吐きそうだった。殺意を向けられたからではない。自分が容易《たやす》く人を殺そうと、そしてそれを当然と感じ、実際に事を成そうとしたことに……強いショックを覚えたからだ。そんな様子を慮《おもんぱか》ってか、王がユウの肩にそっと手を置いた。

「今は混乱していることだろう。だが安心してほしい。我々はそなたの味方だ。魔王討伐に向かうのならば、全面的に協力する用意がある。当然だが、1人で挑《いど》めと言うつもりもない……聖女殿、お二方とも前へ」

「……はい」

「……はっ」

王に呼ばれて人々の中から前に出てきたのは、2人の女性だ。どちらも宗教めいた清楚な服装に身を包んでいる。歳はどちらも15、16歳くらいだろうか。

1人は淡い青髪で優しそうな顔立ち。

もう1人は真っ赤に燃えるような髪色で、勝気そうな顔立ち。

「…………っ」

ユウは2人から目を離せなくなった。彼女たちは信じられないほど美しい少女たちだった。同じ人間だとは思えないほどに。もちろんこの場には、他にも美女はいた。だがそれでも……この場にいる他の女の人と比べてもあまりに飛び抜けていたのだ。2人はユウの前にやってくると、軽く頭を下げた。

「お初にお目にかかります、勇者様。私は『氷牢《ひょうろう》の聖女』ミーネと申します」

「あんたが勇者か。あたしは『炎獄《えんごく》の聖女』ライラだ。まあ、よろしく頼むぜ」

「この者たちは魔王を封印する力を持つ『聖女』だ。同時に、彼女たちは勇者殿を助けるために必要なあらゆる教育と高度な戦闘訓練を受けている。道中、そなたをしっかりと支えてくれるはずだ」

「よ、よよ……よろしくオネシャス！」

王が2人を紹介してくれたが、彼女らのあまりの美貌にユウはしどろもどろにしか返事をすることができなかった。

「さて、お互い自己紹介は済んだことだ。勇者殿は急なことでお疲れだろう。王宮の中に部屋を用意してある。今日はもう休むといい」

「ふふ……存外可愛らしい勇者様で安心しました。さあ、こちらへどうぞ」

「ま、仲良くやろうぜ、勇者君？」

青赤2人の美少女が妖艶《ようえん》な笑みを浮かべながらユウの両脇に立つと、腕にスルリと手を回してきた。先ほどの清楚な雰囲気はどこへやら。ユウはまるで2匹の蛇に睨まれた哀れな蛙《かえる》の気分だった。

「…………っ!?!?」

（…………俺はこれから一体どうなってしまうんだあぁぁぁっ!?）

ユウの心の叫びは、誰に届くこともなかった。

第3章　社畜、副業を始める

――そうだ、副業をしよう。

そう思いついたのは、例のダンジョンの入口に放置したままの戦利品のことを思い出したからだ。これらをお金に換えようと思った。もっともダンジョンの構造は一定期間で元に戻るっぽいので、アイテム類は消滅している可能性があるが……もしそうでも問題ない。ダンジョン内のミミックは『魔眼光』で簡単に倒せるし、倒せば確定で何かしらのアイテムやら武器やらをドロップするからだ。

そして俺は今、新たな同居者がいる。もちろんクロのことだ。とりあえずこいつは『犬』として各所に届け出たので問題はないが、それはそれとして食費がかかるし、身の回りのグッズも揃《そろ》えなければならなかった。つまりは金である。

俺は一応勤続年数だけはそれなりにある社畜なので、それに応じて給料も人並み……よりはちょっと少ない程度にはもらっているのだが……当たり前だが全然金が足りん！

しかもクロはかなりの大食漢であることが判明した。普通に買ってきたフードではとても足りないのだ。その小さな体のどこに食べ物が入っていくんだ、とドン引きするくらい食う。

もっとも、食事については割となんでも大丈夫そうなのが分かり、すぐに割高なドッグフードから俺と同じメニューに変えたのだが……以前と比べ、コメを3合余計に炊く日がしばらく続いている。完全に赤字だ。まあ、これについては仕方ないと思っている。なにしろ元が巨大な狼だからな。というわけで、副業である。

もちろんダンジョンのアイテムをこちら側で換金するのは不可能だ。硬貨類やアクセ類はともかくとして、短剣は店に持ち込んだ瞬間に通報される気がする。だから基本的には異世界で商売をすることにした。そして、商売で得た金でクロの食料を調達することにした。

もちろん副業の目的はそれだけじゃない。異世界が目の前にあるのだから、いろいろ見て回りたいと思うのは当然のことだ。それに残った金を貯めてある程度の財をなすことができれば、向こう側で土地や建物を買うことができるかもしれない。そうなれば、週末は異世界で別荘暮らしという、最高に贅沢《ぜいたく》なライフスタイルを確立することができるかもしれないのだ。

もちろん障害になるポイントは多々あるし、実際にそれが可能かどうかは未知数だ。それでも……この計画にはロマンがある。それも、両手では抱えきれないほどのロマンが。

異世界スローライフ。ああ、なんて甘美な響きだろう。

できるかな……？　じゃない。『やる』んだよ……！

というわけで。俺は週末を楽しみに、まずは目の前の仕事を頑張ることにした。

……そうと決まれば不思議なもので、業務の効率化は思いつくし課長のあしらい方も上達するしで、気づけばいつもより2時間以上早く仕事を上がれるようになっていた。なんというか、これもクロのおかげだ。コイツには感謝しかない。

そして、あっという間に週末がやってきた。

◆◇◆◇◆

結論から言えば、ダンジョンに残置していたアイテム類は消滅していなかった。

「短剣に、硬貨が25枚……ペンダントが3つ。これで全部か」

念のため数えてみるが、以前と数や種類が変わっている様子もない。もしかしたら、ここが『通路』だからだろうか。リセットされるのは、通路に接続した『部屋』だけ、とか。まあ、今から検証するのも面倒なので、さっさとそれらを回収して異世界に向かうことにした。

それと、一応こっちの世界の品をいくつか準備しておいた。ダンジョンのアイテムがゴミみたいな価値だった時のための保険だ。具体的には、近場の雑貨店で購入した万年筆を数本と、フォークやナイフなどの金属製の食器類を嵩《かさ》ばらない程度にいくつか。万年筆のうち1本はちょっと値の張るヤツにした。これはロルナさんへの贈り物だ。騎士っぽい人がペンを送られて喜ぶのかどうかと言われると微妙ではあるが、俺に女性が好むアクセサリを選ぶセンスなんてない。必然的に、無難なセレクトにならざるを得なかった。今後彼女とビジネス上のお付き合いが続くのなら、その時に改めて彼女の好みを確認して、贈り物をすればいい。

ちなみに食料の類は、やめておいた。あっちの世界の人が、こっちの食べ物を食べても問題ないか分からなかったからだ。

余談だが、異世界に到着するまでに硬貨が10枚とペンダントが4つ増えた。あと短剣の他に直剣も。ミミック、もう完全にただの宝箱だな。あ、死霊術師《ネクロマンサー》さんとスケルトンさんもマナ稼ぎでお世話になっております。あいつら、もうマナの成る木……もとい骨にしか見えん。

「ふあ……やっぱりここは空気が気持ちいいなぁ」

もはや作業と化した魔物との戦闘を楽々こなし、ダンジョン最奥部の転移魔法陣で『外側』に出る。こちら側は爽やかな陽気だった。山側から吹いてくる風は涼やかで、湿った緑と土の香りが戦闘で昂《たかぶ》った気持ちを静めてくれる。太陽は森の奥にそびえる山の端から少し出たところだ。どうやらこちらは早朝のようだ。日本との時差は……半日くらいだろうか？

『………』

ふと足元を見れば、クロが気持ちよさそうに伸びをしていた。ここなら巨狼に戻ってもいい気がするのだが、どうやらクロはこの姿が気に入っているらしく、必要な時以外は大きくなろうとしない。まあ、俺もいざという時はコイツを抱き上げて運べるので別に構わない。

「さて、行こうか」

『…………』

目的地は、ロルナさんたちがいるはずの『監視砦』という場所だ。魔法陣のある遺跡から続く、森の小道を辿っていけば着くはずである。

「それにしてもいい天気だなぁ」

木漏《こも》れ日の下を、クロと一緒にのんびり歩く。そういえば、こうやってハイキングみたいなことをしたのはいつぶりだろう。なんというか、息を吸って吐くだけで身体の細胞という細胞が活性化するような気になる。身体に力がみなぎっていて、特に理由もないのにスキップなんぞしたくなってくる。……齢《よわい》35のオッサンのスキップは地獄絵図なのでやらないが。

それはさておき、完全に気分はレジャーだった。こういうのだよこういうの。無駄にウキウキした気分のまま小道を進む。靴が石畳を踏みしめる感触すら心地よい。

それに周囲の小鳥のさえずりや、地響きや何かがぶつかり合う音が心地よく響いてきて……。

「……うん？」

俺は立ち止まった。何かがおかしい。周囲から聞こえる音の中に、静かな森には似つかわしくないものが混じっている。具体的には誰かの雄たけびとか、何か重たいものが地面に落下した時のような地響きとか、ガンガンキンキンと金属同士をぶつけ合うような甲高い音だ。それは明らかに、俺が進む方向から聞こえてきていた。

「……まさか」

慌てて駆け出す。クロも異変に気づいたのか、すぐ後ろを駆け足でついてくる。

森を抜けると平原が広がっており、その先に砦が見えた。巨大な砦だ。さらに砦の左右には、高さ20メートルはあろうかという城壁が、まるで万里の長城のように長く伸びていた。

「……オイオイなんだこれ」

眼前で起きているのは、間違いなく『戦争』だった。

砦の城壁に押し寄せる黒々とした群れ。それを退けるべく城壁の上から降り注ぐ矢の雨。熱した油と思われる液体や大きな石。魔法と思しき閃光や炎。それでも砦の状況は厳しそうだった。なぜかと言えば、攻め手側の数が圧倒的に多いからだ。ぱっと見、数千はいる。それらが城壁にとりつき、あるいは長い梯子をかけ、上を目指している。

かたや、城壁の兵士は１００人程度。城壁の外に出て応戦している騎馬兵もいるにはいるが、数十騎程度。磨り潰されるのは時間の問題だろう。それに、砦の上空では小型のドラゴンに乗った連中が上空から砦へ投石を繰り返しており、結構な数の兵士たちに被害が出ていた。

「あれって、魔物だよな」

攻め手側は、明らかに人間のシルエットではなかった。一応防具で身を固め剣や槍を持っているが、完全に魔物だ。俺がゲームとか漫画とか小説で得た知識によれば、ゴブリン、オーク、それにトロル。トロルは巨大で、象みたいな大きさだから遠目からでもよく見えた。

あっ……今トロルが巨大な棍棒《こんぼう》で城壁の中腹を打ち壊した。どうやら城壁内部には部屋があったらしく、崩れた壁面に大きな穴がぽっかりと空いている。そこにゴブリン兵たちが梯子《はしご》をかけ、内部に侵入を試みている。もちろん砦側もそれを防ぐべく応戦しているが、数が多すぎて対処が間に合っていない。

これは……マズい時に来てしまった。完全にお取り込み中だ。というか、このまま砦が陥落してロルナさんが死んでしまったら俺は商売どころじゃなくなる。見込みとはいえ取引先が消滅するのは非常にマズい。これはどうしたものか……。

『ガル……』

「ん、どうしたクロ」

急にクロが足元で唸り声を上げた。見れば、毛を逆立てて森の横を睨みつけている。

俺もそっちを見た。

「……マジかよ」

『ギィッ！』『ギャッ、ギィッ！』『ブフーッ！』『フゴゴッ！』

武装した魔物の集団がこっちを睨みつけていた。棍棒や鉈で武装したゴブリンが2体に、斧《おの》を持ったオークが2体。遊撃隊とか斥候兵の類だろうか？　巨大なトロルがいないのだけが救いだが、これは……かなりヤバい状況なのでは。

『ガルルッ！』

クロが唸り、巨狼化した。つまりそれだけ危険な状況というわけだ。

まあ見て分かるけどさっ！

「……くそっ！」

俺も『魔眼光』をいつでも撃てるように身構える。念のため、新しくゲットした直剣を鞘から抜き放ち、構えた。高校の体育で何度か剣道の授業があったけど、実戦は初めてだ。緊張のせいか、手汗で柄が滑《ぬめ》る。大丈夫だ、落ち着け俺。

『ギィッ！』

しばしの膠着状態を経て、１体のゴブリンが突撃してきた。狙いは俺だ。

「ぬわっ⁉」

ブン、と振り下ろされた棍棒をどうにか避ける。それほど速くはない。だが本格的な殺意を受け、一瞬、反撃を戸惑ってしまった。クソ！

『ガウゥッ！』

だが、それが開戦の合図になったようだ。クロが吠え、2体のオークへと突撃する。

『ギイィッ！』「うわわっ!?」

とはいえ、俺ものんびりクロを観戦していられない。2体目のゴブリンが攻撃を仕掛けてきた。こっちは鉈のような武器を持っている。……喰らったら打撲とかじゃすまないぞ！

『ギィッ！』「おっと」『ギッ！』「……よっ」

畳みかけるように、2体のゴブリンが猛然と攻撃を仕掛けてくる。

『ギギッ！』『ギイィッ!!』「あれ……？」

たしかに迫力はすごい。向こうは俺を殺しにきているのだから当然だ。それに殺気というのをビシビシ感じる。だから怖いことは怖い。……けれども。

「うーむ……」

俺は2体の攻撃を避けながら、考え込んでしまった。

なぜかと言えば……落ち着いて見てみれば、ゴブリンどもはものすごく必死な割にめちゃくちゃ動きが鈍《のろ》いのだ。しかも、攻撃が単調で筋が読みやすい。身体をちょっとずらすだけで簡単に躱せてしまう。あれ、これってもしかして……簡単に倒せる感じ？

正直なところ、ゴブリンを殺すことにあまり抵抗は感じない。それどころか、かなり気楽な心持ちでコイツらの処分方法を考えてしまっている。不思議な感覚だった。魔眼が覚醒したからだろうか？　それとも、これまでに山ほど魔物を倒してきたから？

まあ、今はどちらでもいい。殺さなければ殺されるのはこっちだ。

「悪く思うなよ。お前らが売ってきたケンカなんだからな……せあッ!!」

ちょうど棍棒を振り下ろした隙に合わせて、俺は直剣でゴブリンの首をスッと薙《な》いだ。

『ギッ――』

それでゴブリンの首がポロリと取れた。どういうわけか血は出なかった。ただ黒々とした断面が見えただけだ。

――ボシュッ！　次の瞬間、首を落とされたゴブリンの身体が淡い光に変わり消滅した。

ああ、そういえば魔物って死ぬとこうなるんだったな。

よかった。これなら全く罪悪感を覚えずに済みそうだ。

「うらッ!!」『ギギッ――』

残る1体もあっさり処分完了。残るはオークどもだが……クロが2体ともやっつけていた。

「おお、やるなぁクロ」

『………フスッ！』

ドヤ顔の代わりに鼻を鳴らすクロは、すでに豆柴サイズに戻っている。可愛い。

さて、このあとはどうしたものか……。

個人的には、この戦場のどこかで戦っているはずのロルナさんのもとへ向かいたい。

だがそのためには、砦に群がる魔物の軍勢を突破する必要があるだろう。

「さすがにそれは無理だよなぁ……」

今の俺のスキルで、あの大軍をどうにかするものは存在しない……はずだ。一応『隠密』を使えば魔物たちに見つからず砦内部に入ることはできそうな気もするが……さすがにぶっつけ本番はリスクが高すぎる。

「……ん？」

と、砦の戦いを眺めていたら気づいた。軍勢の一番後ろに、他のオークより二回りほど大きな個体がいる。立派な鎧を着こみ、矛《ほこ》のような武器を振り回して周囲を怒鳴りつけている。しかし、ソイツはその場から全く動いていないのだ。

あれ？　もしかしてアイツって……。

「敵の指揮官だよな……どう見ても」

そうでなくても重要な存在なのは間違いなさそうだった。少なくとも、アイツの号令を起点に魔物の軍勢が動いている。派手な格好なので砦からも視認できるはずだが、矢や投石や魔法では届かない場所のようだ。あれでは、分かっていても手が出せない。

「なあクロ。あいつを倒せばこの戦いは終わると思うか？」

『…………』

クロは俺の言葉が分かっているのか分かっていないのか、小首をかしげてこちらをじっと見つめている。まあ、ちゃんとした返事が返ってくることは期待してないけどな。でも、誰かに問いかけるという工程は大事だ。これで覚悟を決めることができる。

「そんじゃま、やってみますか」

俺は一度深呼吸をしてから、オークの指揮官……ボスオーク（仮）に視線を合わせた。それから、魔眼に強く力を込めていく。

キイイイィン……と耳鳴りのような音が頭の中に響き渡る。『魔眼光』のチャージ音だ。幸いボスオークの着込んでいる鎧は派手ではあるが、いわゆる全身鎧ではない。おそらくあの鎧姿は、敵を威圧し、味方を鼓舞するためのものなのだろう。だから肌が露出しているところも多い。首の付け根などはその最たるものだ。……よし。狙いは、あそこにするか。

――イイイイィン……方針が決まったところでチャージが完了した。

できるだけ外さないように、標的の動きが止まる瞬間を待つ。ただ、その瞬間がなかなか訪れない。さて、どうしたものか……。

と、そこでちょっとしたことを思いついた。本当に戯《たわむ》れのつもりだった。

「クロ、大声で吠えられるか？　あのボスオークを振り向かせたいんだけど」

言ってみただけだ。もちろんクロが俺の言葉を解するとは思っていない。それにここから吠えたら俺たちの居場所がバレてしまうからな。だが。

『ウゥ～……――――ッ‼』

「えっ」

クロが唸り、それから大きく口を開き、吠えた……ような気がした。

『ような気がした』のは、クロの吠え声が全く聞こえなかったからだ。

なんだ、これ？　……と思ったら。

なんとボスオークが動きを止めたのだ。怪訝《けげん》な様子で、こちらに顔を向けている。

「今だっ……！」

間違いなくチャンスだった。クロが何かをやったのは確実だ。けれども、それを確認するのはあとだ。向こうがこちらを認識し騒ぎ出す前に、俺は『魔眼光』を発射した。

パッ、と血煙が立ち上り、ボスオークの頭がきれいさっぱり消失した。

少し遅れて、パシュッ、と小さな破裂音が耳に届く。それからさらに遅れて、ズズン、という重たい音が響いてきた。見れば、『魔眼光』がボスオークの頭部を吹き飛ばし、さらには砦の城壁の一部を破壊していた。やべっ、本気出しすぎたかも……。

さすがにちょっと血の気が引いたが、仮に怒られが発生しても不可抗力ってことで押し通すしかない。ともあれ、ボスオークを仕留めたのは間違いなかった。周囲の取り巻きたちが光と化して消えゆくボスオークの死体を囲み、慌てたように右往左往している。

「クロ、とりあえず場所を移すぞ」

『…………』

魔物たちがこちらに気づいた様子はない。けれどもあの大軍がこっちに気づいたら、冗談抜きで即アウトだからな。俺はクロと一緒に森の中に飛び込んだ。

「ふう……どうやら気づかれてないみたいだな」

こちらに向かってくる魔物がいないことを確認し、ひとまずほっと一息つく。城壁の損壊についてはもう考えないことにした。それよりも。

「なあクロ、お前さっき何をやったんだ？」

『…………』

問いかけるも、クロは金色の目で俺をじっと見つめて小首をかしげただけだった。

『────ッ!?　────ッッ!?!?』

『────!!　────ッ！』

一方魔物の軍勢は、指揮官が死んだことで徐々に動揺が広がっていくのが分かった。

最初はボスオークの取り巻き。次に各部隊の長らしき魔物たち。それから城壁に取りついた歩兵たち。それらがどんどんと統制がとれなくなり、今や戦場全体が混乱状態に陥っている。

ゴブリンやオークたちは指示が飛んでこないことに気づいたのか、徐々に戦場から逃げ始めている。城壁を破壊しようと大暴れしていたトロルに至っては、戦場の真ん前で立ち尽くしたままだ。砦の上空を飛ぶドラゴンなんて、無秩序に周囲を飛び回ったり自分に乗ったゴブリン兵を食い殺したりしている。

「お、あそこだ！　見えるかクロ。あそこにロルナさんがいるぞ！」

それと……ここからだとかなり遠目にだが、城壁の上で暴れ回る女騎士とでっかい剣を振り回すオッサンが見えた。間違いない。あの銀髪はロルナさんだ。オッサンの方は知らない顔だが……ともあれ、彼女の生存を確認できた俺はホッと胸を撫でおろす。

……よし。状況が落ち着いたら、砦に向かうとするか。

◆◇◆◇◆

「敵襲……！　敵襲ーーッ！」

ガンガンと鳴り響く警鐘。配置に就《つ》こうと走り回る兵士たちの足音と怒号。

砦内の執務室で書類仕事に没頭していたレーネ・ロルナは、その慌ただしい様子にハッと顔を上げた。

「まさか……！」

常在戦場の信念により、普段から鎧姿で過ごしている彼女の行動は素早い。すぐさま武器庫に駆け込み剣と盾を手に取り、状況確認のため城壁へと向かった。

『ギャギャッ！』

「ゴブリン兵だと……!?」

城壁の上に出た瞬間、軽鎧を着こんだゴブリンが襲いかかってきた。鉈のような武器を振りかぶり、レーネ目がけて叩きつけてくる。とっさにそれを躱し、剣で叩き斬る。それからレーネは城壁の縁《へり》まで駆け寄ると、外を見下ろした。

「なんだこれは……」

地上は魔物の大群で埋め尽くされていた。武装したゴブリンとオーク。攻城用の大槌を持ったトロルまでいる。上空には、小型の矮翼竜《ワイバーン》が数匹舞っていた。矮翼竜《ワイバーン》にはゴブリン兵が騎乗している。目視しただけでも、数千は下らない大軍勢だった。それらが城壁のふもとまで押し寄せてきていた。

「……ッ、一体何が起きている！」

「う、うわぁぁー！　く、来るなッ！」

と、すぐ近くで誰かの悲鳴が聞こえた。見れば、数匹のゴブリン兵が兵士を囲んでいた。どうやら兵士は伝令係のようで、城壁守備の兵士たちよりも軽装だ。それゆえ魔物たちに狙われてしまったらしい。

「今行くッッ！」

考えるのはあとだ。レーネが一足飛びに魔物たちに迫る。彼女の剣が二、三、閃き、ゴブリン兵たちの首が同時に飛んだ。

「き、騎士殿！　助力、感謝する……！」

「無事でよかった。兵士長はどこにいる？」

「あ、あっちだ！」

伝令兵の指さす先に、周囲の兵士たちに大声で指示を飛ばしつつ魔物と戦っている大柄な男が見えた。そちらへ急行する。

「フィーダ兵士長、無事か！」

「……騎士殿か。ずいぶんと遅いご到着だ。砦主のご機嫌伺《うかが》いでもしてたのか？」

身の丈より長い大剣で魔物を蹴散《けち》らしつつ、男――フィーダ兵士長がジロリとレーネを睨む。

「貴様らが大嫌いな書類仕事だ。私がそれらを処理しなければ、輸送部隊より供給される食料や嗜好品《しこう》が滞ることになるぞ？」

「そいつは困るな！　失言を謝罪するぜ、騎士殿……おっと」

『ブヒィッ!?』

全く申し訳なさそうなそぶりも見せず、フィーダは襲いかかってきたオーク兵を両断する。人族より大きな魔物をたった一撃。凄まじい膂力《りょりょく》だ。

フィーダ・バルベスト。たしか、年齢は35歳。

かつては超一流の冒険者として王国で名を馳《は》せた男だったが、なぜこんな僻地《へきち》の砦で兵士長なんぞをやっているのか。兵士たちのうわさ話では、冒険者ギルドの幹部を殴って除名されたとか、さる有力貴族の令嬢を孕《はら》ませたおかげで賞金首をかけられたとか……とにかくロクな評判は聞こえてこない。だが、その戦闘力と指揮能力だけは確かなようだ。

「それで、兵士長。状況は？」

「見てのとおりだ。俺たちが必死こいて踊り倒さなけりゃ、この砦は簡単に抜かれちまうぜ。……敵はおよそ三千。ついさっき、いきなり城壁の真ん前に現れた。おそらく大規模転移魔術の類だ。用意周到な作戦行動だぞ、これは」

「なんだと……？　これほどの規模ならば、転移元はそれほど遠くではないはずだ。巡回の騎兵たちは何をやっていたのだ！」

「日の出前に砦を出て、いまだ戻ってきていない。つまりはそういうことだ」

「クソっ！」

腹立ちまぎれに、近くのゴブリン兵の首を刎《は》ねた。今はまだ早朝だ。おそらく騎兵たちは、森の向こうでその時を待つこの大軍団を発見したのだろう。だが、口封じをされた。その後、発覚を恐れた敵は即座に転移魔術を発動した。そうであれば、砦側に察知する機会はない。

「騎士殿、見えるか？」

「何をだ」

2人は襲い来る魔物たちを嵐のように斬り刻みながら、会話を続ける。

「城壁の向こう側、およそ500歩先。赤い鎧に矛を持ったオーク。アイツが現場指揮官だ」

「あれは……オークコマンダーか。つまりこの魔物たちは魔王の軍勢ということか」

見れば、砦からかなり離れた場所にひときわ目立つ鎧姿の魔物が見えた。兵士長の言うとおり、大きな矛を振り回しているので一目瞭然だ。

「ああそうだ。こんな辺鄙《へんぴ》な場所を狙う理由は『聖女』しかないだろ」

「……ッ！　そういうことか」

聖女アンリ様は数日前にこの砦を発っているが、次の巡礼先へ到着するのにまだ日数を要する。しかしこの砦を突破すれば追いつくことができるはずだ。敵の意図を理解したレーネは歯ぎしりした。だが、分からないこともある。

「しかし、なぜ聖女様の居場所が分かったのだ？　身分も見た目も偽っていたはずだ。王都の貴族たちならばともかく、砦内でも知る者はわずかだ。魔王軍に知るすべはない」

「他の2人の聖女様とあの『黄金の聖女』様は出自も派閥も違うからな。おお怖い怖い」

「まさか内通者が……？　魔王軍を権力闘争の道具として使ったというのか⁉　なんということを……」

暗澹《あんたん》たる思いだった。レーネも弱小とはいえ貴族の出だ。それゆえ王宮内での暗闘が、容易に想像できてしまった。

「しかしまぁ、これじゃあ埒《らち》が明かん。俺もこの近くの街に妻と娘がいるんだよ。砦を抜かれるのは困る。騎士殿、何かいい考えはないか？」

「残念だが、あの距離をどうにかする方法は思いつかないな。弓兵と魔法兵は？　騎兵による正面突破は難しそうか？」

「弓も魔法も射程外だ。巡回に出た騎兵は戻ってきていない。残りの騎兵ですでに試みているが、突破するのはおそらく無理だろう。どうしようもない」

「む……このままではいずれ押し潰されるぞ。増援はどうだ？」

レーネは周囲を見回して言った。自分と兵士長はまだ問題ない。だが、砦の兵士たちが皆、自分たちのように戦闘力が高いわけではない。今のところ死者の報告はないが、重傷者や戦闘不能者の報告が兵士長のもとに続々と寄せられている。

「そっちはすでに手を打ってある。伝令兵が『ジェント』から予備の衛兵をかき集めて戻ってくるはずだ。あそこが一番近い城砦都市だからな」

「ジェントか……どんなに早くても増援が来るのは夜になるぞ……！」

すでに城壁の手薄な場所に梯子をかけられ、ゴブリン兵たちが雪崩《なだ》れ込んでいる。トロルが城壁の一部を破壊したと思しきズン、という大きな地響きが足元から伝わってきた。周囲からは兵士たちの怒号と悲鳴が絶えず聞こえてくる。

「クソ……ッ！」

あまりに絶望的な状況に、レーネは天を仰いだ。

と、その時だった。

空に閃光が走った。それから少し遅れて再度、ズン！　と地響きが足元を揺らす。

「な、なんだ？」

城壁に続いて、まさかトロルに城門を破られたのか……？　一瞬で血の気が引く。だが様子が変だ。地響きと共に、急に魔物たちの挙動が鈍くなった。中には戦闘をやめてしまった個体もいる。

「チッ。さすがに持ちこたえられなかったか……うん？」

兵士長も同じ考えに至ったらしく、慌てて城壁から身を乗り出し……そのまま固まった。

「兵士長？」

「おい、どういうことだこれは」

彼は下を見ていなかった。ぽかんと口を開け、視線は遥か遠く……魔物の軍勢の一番後ろを見ていたのだ。レーネもそれにならって視線を向ける。

「なっ……」

彼女の視線の先には、頭部を完全に喪失して地面に倒れ伏す、巨大な魔物の姿があった。

オークコマンダーだ。あれが死んだせいで魔物たちの指揮系統が乱れ、混乱に陥っているらしい。そして……違和感を覚え、レーネは自分のすぐ下の城壁を見た。……そこが大きく砕け、赤熱して煙を吹いている。

「……まさか」

彼女は小さく呟いた。こんなことをしでかす存在に心当たりがあった。それは……先日矮翼竜《ワイバーン》に襲われているところを助けてくれた、あの奇妙な風貌の自称商人だった。

◆◇◆◇◆

統率を失った魔物たちが散り散りに逃走し、あるいは兵士たちに倒され、やがて砦に静けさが戻った。しばらくすると、重たい音がして城門がゆっくりと開いた。城門からは、鎧姿の男女がこちらに向かって歩いてくるのが見えた。

女性はロルナさんだ。男性の方は……どちら様だろうか？

「やはりヒロイ殿だったか」

ロルナさんは俺に近づくなり開口一番そう言って、納得したように頷いた。

「どうもロルナさん、ご無沙汰《ぶさた》しております」

「うむ。ヒロイ殿こそ壮健のようだな。……それで今日はどのような用向きでこの場所へ？」

ロルナさんの顔は少し疲れが見える。やはりタイミングが悪すぎたか？　とはいえ、こうやって出てきてもらった以上は『やっぱいいです』というわけにはいかない。

「できればこちらの砦でも商売をさせていただければと思いまして。厚かましいかとは思いましたが、まずはロルナさんにご挨拶に伺った次第なのですが……取り込み中でしたね」

「いや、つい先ほど片付いたところだ。砦内は少し慌ただしいが、問題ない」

言って、ロルナさんが周囲を見渡した。砦と、俺が出てきた森の間にある平原には、静かな風が吹き抜けている。戦闘が終わったこの場所には、俺たち3人しかいない。さっきの大騒ぎがウソのようだった。彼女が続ける。

「さて、ヒロイ殿の目的だが……商売か。もちろん私としては歓迎したいところだが……」

と、ロルナさんが俺から視線を外すと数秒ほど黙りこみ、それから再びこちらを見た。

「その……つかぬことを聞くが、オークコマンダーを倒したのはヒロイ殿か？」

なぜか、おそるおそるといった様子でロルナさんが確認してくる。

一瞬、肯定していいかどうか悩んだ。だが彼女には、ドラゴンを倒した時にある程度こちらの手の内を知られている。それにあのボスオークは明らかに砦を攻めていた以上、ロルナさんたちとは敵対関係にあるのは間違いない。クレームではないだろう。

「まあ……そうです」

ということで、俺は頷いた。というか、あの魔物はオークコマンダーというのか。『鑑定』をかける前に倒してしまったけど、やはりボス級だったらしい。

「なあ騎士殿、本当にコイツなのか？　ワイバーンを倒した商人ってのは」

と、声を上げたのはロルナさんの隣に立っていた鎧姿の男だった。洋画とかで出てくるアクション俳優みたいな体格のワイルドなオッサンだ。歳は俺と同じくらいだろうか？　背は俺よりずっと高い。185センチくらいありそう。つーか背負っている剣でか……でっか！　オッサンの身長より長くないか、これ。あんなの、ちゃんと振り回せるのか!?　まあさっき振り回してるの見たけどさ。あと目つき、怖っ！　なんかめっちゃガン付けられてるぞ……。

「あぁ兵士長、すまない。紹介がまだだったな」

と、ロルナさんが間に割って入ってきた。俺とオッサンの空気感に気づいたらしい。

「こちらが先日私とアンリ様をワイバーンから助けてくれたヒロイ殿だ。ヒロイ殿、こちらは監視砦の兵士長、フィーダ・バルベストだ」

「初めまして、アラタ・ヒロイと申します」

「……フィーダだ。そこの砦で兵士長をやっている」

彼はそれだけ言うと、『ふーん』とか『ほぉん?』とか『おお?』とか呟きながら、俺の周りを回りながらジロジロと眺め回してきた。まるでカツアゲ前のヤンキーみたいである。

あと、たまにヤンキーどころではない鋭い殺気みたいなのを飛ばしてきて怖い。まあ、俺もいちいち反応したりはしないけど。というか、巨狼状態のクロと比べると、どうしても威圧感がもの足りなく感じてしまうのだ。さすがにスライム以下とまでは言わないけども、ダンジョンの死霊術師《ネクロマンサー》率いるスケルトン軍団に囲まれた時の方がまだヒリヒリ感があったし。

ちなみに当のクロといえばキラキラした目で俺を見つめながら舌を出してハッハッしたり尻尾を振ったりと何かを期待している様子である。……ケンカなんて買わないからな?

「なるほど……よく分かったぜ」

何がよく分かったのか分からなかったが、フィーダさんはひとしきり俺を眺め回したあと、一人勝手に納得したようでウンウンと頷いた。

「騎士殿、あんたの言うとおりだ。コイツは強ぇ。俺の殺気に全く動じないたぁ、普通じゃねえよ。だが全くそう見えねぇのが厄介《やっかい》だな。見た目は完全に王都の商人見習いって感じだからな」

「あ、ありがとうございます」

なんだろう、この褒められているのか貶《けな》されているのか微妙に分からない感じ。とはいえ、俺もよく訓練された社畜だ。こういう時は曖昧に笑みを浮かべておくに限る。

「それに、だ」

言って、フィーダさんがいきなり俺の足元にしゃがみこんだ。今度はどうやらクロに興味を持ったらしい。ちなみにクロはフィーダさんに関心がないらしく、ツンとすました様子だ。

「見ろ、騎士殿。コイツの連れてきている犬の毛色の艶、目の輝き……それに、この誇り高い様子を。間違いなく大事にされている。俺の言っている意味、分かるか?」

「いや……すまない兵士長。馬なら分かるが、犬は飼ったことがない」

困惑した様子でフィーダさんを見つめているロルナさん。彼女の気持ちは分からないでもない。しゃがみこんだままクロを眺めるフィーダさんの顔は、完全にデレデレだったからだ。

アクション洋画風ワイルドオッサンの風格は、どこにもなかった。さてはこいつ……重度の犬好きだな？　急に親近感が湧いてきたぞ。

「いいか騎士殿」

フィーダさんがスッと立ち上がって、ロルナさんに向き直った。それから彼は、真剣な表情で力強く宣言する。

「犬好きに悪い奴はいねえ」

うんうん、俺もその意見だけは賛成だ。特にクロは可愛いからな。まあ実際は犬好きでも悪い奴はたくさんいると思うけどさ。だってほら、悪そうな連中って、だいたい自宅の豪邸で猛犬を放し飼いにしているイメージあるし。

「………………」

ちなみにロルナさんはフィーダさんを見て虚無みたいな顔になっていた。どうやらフィーダさんは普段こういうそぶりを見せないタイプらしい。そんな彼女の様子を察しているのかどうかは分からないが、フィーダさんがツヤツヤの笑顔でガッ！　と俺の肩に手を回してきた。

「ヒロイ殿……だったか？　ようこそ『監視砦』へ。しけた場所だが、歓迎するぜ」

それでいいのか兵士長さん……まあ、俺にとっては願ったりかなったりだけどさ。というわけで、砦の内部にお邪魔する運びとなった。

ちなみにそんな犬好き……犬バカなフィーダさんは、その後、俺を砦に入れるために門番さんに指示を出したり真面目に手続きをこなしていたことを付け加えておく。

◆◇◆◇◆

城壁の内側は、いかにも中世ヨーロッパの砦という感じだった。もちろんドイツの某お城みたいな綺麗な方ではなく、武骨な要塞の方だ。通路は殺風景な石積みで、曲がりくねっているせいで見通しが利かない。たまに通る中庭は上こそ開けているものの圧迫感のある高い石壁に囲まれていて、上には兵士たちが慌ただしく動き回るのが見えた。たぶん、ここは敵が攻め入った時に矢や魔法などを浴びせて一網打尽《いちもうだじん》にするための場所なのだろう。

「ヒロイ殿、こちらへ」

ロルナさんに案内されるがまま、奥へと進んでいく。ちなみに途中ですれ違った兵士の皆さんには、出くわすたびに驚いたようにジロジロ見られた。まあ、戦闘が終わったかと思えば妙な風貌の奴が砦内を歩いていたらビックリするのも無理はない。もっとも視線の先は俺と俺の足元を行き来していたから、もしかしたら犬を連れた奴が珍しいだけなのかも。

そんな感じでしばらく砦の中を進み、奥まった場所にある小部屋に通された。ダンジョンを思わせる、殺風景な石造りの部屋だ。広さは４畳半程度。設備は簡素なテーブルと粗末な椅子だけだったが、3人で入るとほぼ満員だった。それと、かなり薄暗い。

一応、壁面に明かり取り用の窓はある。だが、かなり小さくほとんど照明としては役に立っていない。主な光源は、壁に掲げられた松明の弱々しい炎のゆらめきだけだ。

「すまない、ヒロイ殿。この砦は来客用の部屋を準備していないのだ。私も心苦しいが、ここで我慢してほしい」

「いえいえ、お構いなく。こちらこそ押しかけてきてしまってすみません」

ちなみにフィーダさんは扉の脇に立って俺たちの様子を無言で眺めていた。彼はロルナさんの護衛兼、俺の監視役といったところだろうか。まあ2人とも俺がドラゴンやオークコマンダーを倒した以外の素性なんて知らないわけだし、砦内まで通してくれたのは破格の扱いだと思う。俺も2人に不安を抱かせないよう、上手く立ち回らなくては。

ちなみにフィーダさんの視線は頻繁に俺と俺の足元でリラックスしたように寝そべるクロを行き来していた。俺には鋭い視線を投げかけてくる半面、クロを見る時はニヨニヨ気色の悪い笑みを浮かべている。どんだけ犬好きなんだ、このオッサン。

「それで、ヒロイ殿。貴殿はこの砦に何を売りに来たのかな？」

「ああ、そうでしたね。まあ、基本的には雑貨などですが……まずはお近づきのしるしとして、取り扱っている品の中からこちらをロルナさんに差し上げようと思います」

言って、俺はリュックの中から万年筆を取り出した。これはロルナさんへの贈り物として購入した、結構値の張るやつだ。

「これは……ペンの類だろうか？」

ロルナさんは万年筆を受け取ると、不思議そうな様子で眺めている。この世界というか国の文明度によっては、もしかしてこの程度では驚かないかな……と思ったのだが、存外悪くない反応だ。万年筆をペンと察することはできるが、この形状にそれほど馴染みはないようだ。普段は羽根ペンとかを使っているのだろうか？　鉛筆はあるのかな？　とりあえず、羽根ペンあり、鉛筆もありそう……と仮定して話を進めてみるか。俺は頷いてから、先を続ける。

「はい。私の国で普及しているインク式のペンで、『万年筆』と言います。羽根ペンなどに比べると、インクをいちいちつけなくてもいいので便利ですよ」

「ほう……それはどういう意味だ？　ペンのインクが乾きにくい、という意味か？」

お、なんか知らんけど妙に食いつきが良いぞ。ただ、半信半疑な様子ではある。とりあえず説明を続ける。

「いえ、むしろ普通のものよりインクは乾きやすいと思います。この『万年筆』は、羽ペンなどと違って胴の内部にインクが入っているため、常にペン先にインクが供給される構造になっています。なので、インク切れを気にせず書くことができるんですよ。……ほら、こんな感じです」

俺はデモンストレーション用に準備していた万年筆と紙（コピー用紙はマズい気がしたので、念のため粗めの和紙にしておいた）を取り出すと、サラサラと書いてみせる。

「……!?!?」

そんな様子を眺めていたロルナさんに変化が起こった。先ほどまでは『ふーん？』みたいな様子だったのに、今や俺がペンで書くその手先を食い入るように見つめている。

「と、こんな感じです」

「なん、と……まさかこのような魔法のごときペンが存在するとは！」

「!?」

いきなりロルナさんが大声を上げたので、思わずビクン！　としてしまう。だが彼女は心底嬉しそうな笑みを浮かべながら、先を続ける。

「ああ、驚かせてしまってすまない。実は私はこの砦の事務を担当していてな。日々大量の書類を捌《さば》かねばならない立場なのだ。そうなると、書類を書くたびにペン先をインク壺《つぼ》に漬け込まなければならないからな。もう慣れたとはいえ、何度も何度も同じ動作を繰り返していれば肩も凝るし、たまにインクをつけすぎて書類を汚すしで……そのわずらわしさから解放されるというのなら、これほどありがたいことはないのだよ！」

「そ、そうだったのですか」

なんかロルナさん、ホクホクしてるのに圧がすごい。めっちゃ早口だし。そっか……よく分からないけど、この人も意外と苦労人のようだ……。

「それで、このペンはいくらで売ってくれるのだ!?」

だから圧がすごいって。ただでさえ狭い部屋なのでテーブル越しに身を乗り出されると、のけぞるスペースがほとんどない。ていうか顔近っ！　ていうかこの人、近くで見てもめっちゃ美人！　とはいえ、なんとか顔に出さずにやりすごす。

……で、フィーダさん。アンタはなんで顔を背けてプルプル肩を震わせてるんですかねぇ!?　つーか絶対俺たちのやり取り見て楽しんでるだろ！　……まあいい。それはさておき今はロルナさんだ。

「あの、どうか落ち着いてください。……先ほども申し上げましたが、こちらはお近づきのしるしです。どうぞお使いください」

「ホントかッ!?　ありがとう、ヒロイ殿！　やはり貴殿を招いてよかったよ」

「お、お役に立てて何よりです……」

いやホント。文明の利器の力なのかはともかく、ファーストコンタクトは無事にクリアでいいのかな……これは。

「で、ヒロイ殿。あんたが面白いモノを扱っているのは分かった。ならば他の商品ってのは何なんだ？　そうだな……俺としては、何か良い感じの武器とか売っていたら嬉しいんだが」

と、横やりを入れてきたのは先ほどまで無言（笑っていたが）だったフィーダさんだ。

どうやらロルナさんの反応が良好だったので彼も興味を持ったらしい。一応、彼が興味を引きそうなものは持ってきている。というか、こっちが本命だ。

「もちろんです。とはいえ、お気に召すかどうかは分かりませんが……」

言って、俺はリュックから短剣を取り出した。ダンジョンのミミックが落としたヤツだ。

魔物との戦闘などでちょっとだけ使ってしまったが……傷もないし、問題ないだろう。

と、思ったのだが。

「……!?　おい、これは……マジかよ」

と、短剣を見たフィーダさんの顔つきが変わった。先ほどまでとは打って変わって、彼のまとう空気が真剣なものに変わっている。も、もしかして俺……やっちゃいました？

「すまん、ヒロイ殿。こいつを詳しく見せてもらっても構わないか？」

そう申し出てくるフィーダさん。しかし表情の割には、先ほどのロルナさんのような圧はない。真剣というよりは困惑しているように見える。ひとまず俺は短剣を差し出した。

「ええ、どうぞ」

「では、お借りする。……騎士殿」

「うむ」

うわ……ロルナさんまで同じ表情になってるよ……。

「あの、何か問題でも――」

「すまない、ヒロイ殿は少し黙っていてくれないか」

「アッハイ」

なんかロルナさんとフィーダさんの声がシンクロした。えぇ……その短剣、実はヤバいブツだったりするの？　どう見ても普通な感じの短剣なんだが……それに『鑑定』の結果でも、この国で一般的に生産されている短剣だったはずだが？

「――で、――のだぞ」

「――、――か」

ロルナさんとフィーダさんは真剣な顔つきで短剣をいじくり回し、あれこれ話し合っている。ちなみに2人の会話はこちらに聞こえないようヒソヒソ声なのだが、ぶっちゃけ丸聞こえだ。どうやら『身体能力向上』スキルが良い感じ（？）に仕事をしてくれているらしい。

しかしながら、内容はほとんど分からなかった。なぜなら俺が、向こうの地名とか時代とか人名とかについて全くの無知だったからだ。一応、内容から察するに短剣の年代とか銘とかについて意見を出し合っているように聞こえるのだが……それ以上のことは分からない。

「すまないヒロイ殿、待たせたな。……この短剣について一つだけ、貴殿に聞きたいことがあるのだが」

しばらく話し合っていた2人だったが、なにがしかの結論に達したようだ。ロルナさんが神妙な様子で俺の方を向き直り、テーブルに短剣をゴトリと置いた。

「この短剣はどこで手に入れたのだろうか？」

……うん。まあ、聞かれるとは思っていた。もちろん、ここで誤魔化すことはできなくはない。だが、それはおそらく悪手だ。そもそも俺は、副業を成功させるためにもロルナさんたちと良好な関係を築きたいと思いこの場に臨《のぞ》んでいる。曖昧に答えたり誤魔化すような態度を取ることは、彼女らの信頼を損ねることになる。

「もちろん、お答えするのはやぶさかではないのですが……」

とはいえ、である。ここまで真剣な様子で迫られると、俺も自分の発言に注意を払わざるを得ない。それに、なぜ2人がここまでただの短剣について聞いてくるのかが気になる。

「その前に、この短剣について知っていることがあれば教えてほしいのです。実はこれ、知人から譲り受けたものでして」

まあ……ギリギリ嘘はついていない。取得方法と、ミミックが人かどうかはさておくが。

「……知人、か。まあいいだろう。そういう方向で話を進めよう」

ロルナさんは俺の話を完全に信じ切っていないような口ぶりだったが、特に突っ込んだりする様子はなかった。

「この短剣は『イーダンの短剣』という」

「イーダンの短剣、ですか」

そんな名前だったのか、コイツ。『鑑定』はそこまで詳しく教えてくれなかった。もう少しレベルを上げたら分かったかな？　マナはそれなりに貯まっているはずだから、他のスキルより優先して『鑑定』を上げておくべきかもしれない。ロルナさんがさらに続ける。

「元々の所有者は、かつて千人もの無法者を率いたイーダンという名の大盗賊だ」

「大盗賊ですか」

「冒険者の職業に『盗賊職《シーフ》』ってのがあるのも、大盗賊イーダンの冒険譚《たん》からだったよな」

フィーダさんが横やりを入れてくる。というかこの世界、やっぱ冒険者とかもいるのか。

夢が広がるな。

「兵士長、しばらく黙っていてくれないか。話の腰を折られるのは好かん」

「へいへい」

ロルナさんは説明を一気にしたい性格らしい。フィーダさんは肩をすくめつつ口を閉じた。

「話を続けよう。大盗賊イーダンはこの短剣をあしらった旗を掲げ、当時はほとんど未踏の地ばかりだった『魔界』を冒険し、我が国――ノースルイン王国の国土拡張に多大な功績を残した。英雄の定義を『国に莫大な富と利益を齎《もたら》した者』とするならば、彼は間違いなく英雄だ。しかし同時に、我が国――ノースルインの国土や周辺諸国を荒らし回り多くの人々から財産や生命を奪った。そして最終的にイーダンは王国騎士団に捕縛され処刑されることとなったのだ。この国の住人ならば、子供でも知っている逸話《いつわ》だよ」

「……この短剣にそのような逸話があるのは理解しました」

なんというか、イーダンという人物は俺の世界で言うところの海賊とかヴァイキングみたいな人物だったようだ。ただ……『鑑定』によれば、この短剣自体はありふれたもののことだった。たしかに壮大な話ではあるが、真剣な様子で逸話を説明するほどのことなのだろうか？

俺は短剣を眺めながら続ける。

「この形状の短剣自体は、大して珍しいものではないですよね？　少なくとも私は、知人（こっちの知人は『鑑定』のことだ、嘘も方便である）からそう伺っておりますが」

「ああ、そうだな。ヒロイ殿の言うとおり、この短剣はありふれた武器だった、、、」

彼女はそう言って頷いた。同時に俺は違和感を覚える。……『だった』？

ロルナさんは、俺の表情から怪訝な様子を読み取ったようだ。彼女は『ふむ』と軽く頷く。

それから苦笑しながら先を続けた。

「その短剣がありふれていたのは、500年以上前のことだ。この短剣はもう、製法すら失われた過去の遺物なのだよ。だからもしこの短剣が本物ならば、私のような素人ではとても値など付けることはできない。おそらく、ざっと見積もっても金貨50枚はくだらないだろう」

「甘いな騎士殿。俺の見立てでは金貨75枚ってとこだな。ここの砦主ならば喜んで払ってくれるだろうが、俺や騎士殿の給金程度じゃとても買い取れん。いずれにせよ、正式な鑑定が必要だ。さすがに証文付きでないと、いくらコイツが本物でも誰も買い取ってくれないぜ」

「うむ。少なくとも街から、きちんと鑑定できる武器商を呼び寄せる必要があるな」

……マジか。俺にはこの世界の物価なんぞ分からないが、金貨ウン十枚ってのがかなり高価だということくらいは分かる。しかもロルナさんやフィーダさんのポケットマネー程度では手が出ない代物《しろもの》らしい。おそらくだが、日本円に換算すれば数百万円単位の価値があるということになるだろう。これは参った。気軽に『ほい、100ゴールドね』みたいな感じで終わると思ってたんだが……なんだかとんでもないことになってしまった。

「……ヒロイ殿。私は人を見る目がある方だと自負している」

ロルナさんはためらいがちに、しかし俺の目をしっかりと見据えて続ける。

「貴殿が商人としても1人の人間としても誠実な人物だということは、私にも分かる。だからこそ、聞かざるを得ない。……この『イーダンの短剣』をどこで手に入れたのだ？」

「………………」

俺は黙った。さすがに黙らざるを得なかった。そしてまず、こう思った。

オイ鑑定イィィ!!!!

……どうやらダンジョンでゲットした短剣は、ただの短剣だと思いきやとんでもなくレアな骨董品《こっとうひん》だったらしい。うむむ……。この手のアクシデントが多発するのは困る。やはり今後は『鑑定』のレベルを最優先で上げていく必要があるな。

それはさておき、ロルナさんやフィーダさんである。今のところ、２人はとても理性的だ。いきなり俺を捕まえたり、尋問するような雰囲気はない。今もこうやって俺が黙り込んでいるのをじっと待ってくれている。ただ、この短剣の出所を明かさずに解放されるのは難しそうな様子ではある。そこを踏まえて、誤魔化すか正直に話すかを迷っている。

うーむ……どちらの選択肢を選んでも、悪い方に転がる可能性はあるんだよな……。

思い起こせば、聖女さんがあのダンジョンを『聖地』とか言っていた気がするし。お花とか供えられていたし。日本でも宗教上の理由で『禁足地《きんそくち》』に指定されている場所もあるし……。

『貴様、あの遺跡に土足で入ったのかー!!』みたいな流れになったらどうしよう。

とはいえ、誤魔化すのもあまり気が進まないのは確かだ。それで今は凌《しの》げるかもしれないが、後々ボロが出てロルナさんの信頼を損ねてしまう可能性があった。

うむむ……。

俺はしばらく迷ったのち……正直に話すことにした。

「正直に話します。この短剣は、あの森の奥にある遺跡の……中で拾ったものです」

「「…………」」

……あれっ？　なぜか2人が固まってしまったぞ。というか、なんか俺のことをお化けが出たみたいな顔で凝視している。

……これはさすがに分かる。どうやら今度こそ、俺は何かをやらかしてしまったらしい。

「あの……もしかして、あそこって入ったらダメな場所でしたか？　でも、内部に入るための転移魔法陣も普通にあるし、特に柵とかもなかったし……もしかして宗教的に重要な場所だったとか、でしょうか？　それならば本当に申し訳ないのですが……」

「いや、メディ寺院遺跡は別に禁足地というわけではない。だが……」

「だが？」

困惑したように言葉を濁すロルナさん。彼女はしばらく視線を宙に漂わせていたが、やがてためらいがちに口を開いた。

「ヒロイ殿。遺跡の周囲に、内部に通じるような穴や隙間はない。もちろん転移魔法陣など存在するはずがない。何しろあの遺跡は５００年以上前のものだからな」

彼女が続ける。

「転移魔法陣があれば誰かしらが見つけているはずだ。もちろん貴殿が嘘を吐いていないのは分かる。だが……それゆえ、にわかに信じられる話ではないのだ」

「そうだぞ。あの場所がダンジョンならば、すでに俺らや冒険者連中が探索し尽くしているはずだからな。ありえん話だ」

ロルナさんに、フィーダさんが同調する。あー、そうきたかー……。

そういえば俺の魔眼、普通の人が見えない扉とかが見えるヤツだったわ。となると、あの魔法陣は外部からは完全に隠蔽《いんぺい》されているか本来存在しないものだということだ。それを魔眼が見破ったか、あるいは強制的に具現化させた。最深部で転移魔法陣を見つけた時はダンジョンの扉を見つけた時のような灼熱感がなかったから分からなかったが、まあそういうことなのだろう。あの感覚がある時とない時の違いが分からないが、何か条件があるのだろうか。まだまだこの魔眼の仕様には謎が多いな。まあ、今はいい。それよりも、どうやって２人にこの短剣の出所を信用してもらうか、だ。……まあ、俺ができることは一つしかない。

「あの……どうしても信用できないのでしたら、遺跡のダンジョンまで案内しますが……」

「なんだと!?」

「ほほーう？」

俺の提案にロルナさんは驚愕《きょうがく》の声を上げ、フィーダさんは好戦的な笑みを浮かべた。

「いや待て。確かに検証は必要だが……あの場所は聖地であるし……」

「いいじゃねーか、めちゃくちゃ面白そうだろ、それ！」

俺の提案に対して、2人の反応は対照的だった。

ロルナさんはあまりいい顔をしていない。まあ、当然だ。彼女は以前『聖女』さんの付き添いであの遺跡に来ていたみたいだからな。信心深いかどうかは分からないが、俺も大人になってから廃神社のお社《やしろ》の中を探検しようぜ！　と言われたら尻込みすると思う。

一方フィーダさんは俺の提案にやたら乗り気だった。まあ、これはこれで俺にも分かる。フィーダさんの瞳に浮かんでいるのは、少年時代に誰もが持っていた熱く燃えたぎる冒険魂だったからだ。彼にとって、『聖地』とやらは単純に冒険の対象らしい。

「ぬう……しかし、聖地に赴くのならばまず砦主への報告が必要だ。それに先の戦闘で仕事も止まっているし……」

「許可が必要なら俺も一緒に頭を下げてやるよ。書類仕事は苦手だが、それならまあ手伝えなくもない。そもそも聖地の内部調査ができるうえ遺物が発見できるかもしれねーんだ。俺はよくは知らねーが、この砦の懐事情は厳しいんだろ？　ならば儲《もう》けるチャンスだろ」

「むむむ……しかし……」

的確（?）に穴を塞がれていくも、なおも渋るロルナさん。彼女はかなり保守的な性格のようだ。一方現場担当と思われるフィーダさんは見た目どおりイケイケな性格らしく、ダンジョン探索に行きたくてたまらないといった様子である。

「別にあんたはお留守番でもいいんだぜ？　あとで結果報告はしっかりしてやるから、ヒロイ殿と俺の2人で見てきてやるよ。なあ、あんたも野郎同士の方が気楽でいいだろ？」

フィーダさんが近づいてきて、俺の首にガッと腕を回してきた。

……完全に悪友のノリだな、この人。

「むっ、それはズル……いや、2人だけではさすがに危険だ。私も同行しよう！」

結局ロルナさんも一緒に行くことになった。

◆◇◆◇◆

諸々《もろもろ》の準備を整え、3人で遺跡に移動。

「……ここです」

遺跡広場の片隅まで2人を案内し、俺は足元の石畳を指さした。爽やかにそよぐ木々の下、直径1メートルほどの魔法陣が淡い光を放っている。

「これは……」

「こんな場所に、魔法陣なんてなかったよな？」

2人は戸惑うような様子で、魔法陣を凝視している。ちなみに2人とも武器や防具をしっかりと整えたフル装備だ。このダンジョンの魔物はそれほど強くないから、そこまでしなくても……と思ったが、彼らにとっては未知の場所だ。安全第一で行動するのは当然の話である。

「魔法陣がこの場所にある理由は私もよく分からないのですが、ダンジョンの最深部に通じているのは間違いないですよ」

「最深部だと!?」

「なるほど、最深部に通じる転移魔法陣か……ならば隠蔽されていたのも頷けるな」

俺の説明に、2人がそれぞれ対照的な反応を見せた。

「どういうことだ？　兵士長」

「なに、簡単な話だ」

言ってフィーダさんが魔法陣を指さした。

「この年代の寺院や城系のダンジョンには、たいてい最深部とか最上部から入口付近につながる転移魔法陣が設置されている。まあ、当時の情勢を考えると敵に襲われた時の緊急脱出が主な用途だろうな」

「なるほど、そういうことか」

フィーダさんの説明に、ロルナさんが納得したように頷いた。

「兵士長さんはダンジョンにお詳しいんですね？」

「あん？　ああ、俺は元々冒険者をやっていたからな」

「そうだったんですか」

そういえばこの世界って冒険者がいるんだったか。たしかにフィーダさんは騎士というよりはそっち側な雰囲気だ。もしかして、いろいろ冒険とかしてきたのだろうか？

彼とは普通に酒とか飲みながら、いろいろ話を聞いてみたいところだな。

「お？　もしかしてヒロイ殿は冒険者に興味があるのか？」

と、俺の胸中を察したのかフィーダさんがニヤリと笑った。

「ええ、まあ」

「そうかそうか！　まあ見た感じはともかく、あんた商人の割に強えみたいだし冒険者ギルドに登録するのは結構オススメだぜ。道中、護衛を雇うのも面倒だろ？　それにダンジョンから持ち帰った品をそれなりの価格で買い取ってもらえるしな。商業ギルドの他にも売却の選択肢が増えるのは悪くないだろ」

「なるほど、それは前向きに検討したいところですね」

フィーダさんがやたら早口になったのはともかくとして、確かに魅力的な提案だ。ただ、休日に全力で身体を動かすと本業に支障を来《きた》さないか心配ではある。ここのところスキルのおかげでかなり体力が増えた実感があるものの、疲労しないわけではないだろうからな。ここは要検討としておこう。

ちなみに彼に『鑑定』をかけてみたい衝動に駆られたが、踏みとどまった。日本ならばともかく、この世界の人が『鑑定』を使ったことを察知できないという保証がないからな。

まあ、そもそも論として他人のプライバシーを勝手に覗く行為に俺が抵抗を覚えているというのもある。やっぱり、人間同士ならきちんと話をして情報交換をすべきだろう。

「まあ、ヒロイ殿ならば問題ないだろうが……冒険者は自己責任の世界だ。なるならば覚悟はしておくことだ」

「肝に銘じておきます」

ロルナさんからもありがたい忠告をいただいたところで、そろそろ魔法陣へ。

「一応、最下層に魔物はいませんが、気を付けてくださいね」

「おう」

「承知した」

２人が頷くのを確認してから、俺はクロと一緒に転移魔法陣に乗った。独特の浮遊感と共に視界が暗転。次の瞬間、俺たちは薄暗い祭壇の上に立っていた。いきなり明るいところから暗い場所に移動したのに目が利くのは、魔眼のおかげだろうか。地味に便利だな、この眼。

「おお、本当に転移したぞ!?　一瞬起動しないから焦ったぜ」

「本当に遺跡の内部に転移したのか……」

魔法陣から降りた直後、２人が次々と転移してきた。どうやらこの魔法陣、定員というか『容積』が超過すると発動しないよう安全装置（？）のような術式が組まれているらしい。

というのも、ふと魔法陣を見ると術式中にそれらしき構文が見えたのだ。表計算ソフトのｉｆ構文に似た形式だ。なるほど、魔法の術式ってこういう構造なのか。

………ちょっと待て。なんで俺、魔法陣の術式がちょっとだけ『理解《わか》る』んだ!?

と、ここで思い当たる。そういえば先日、『ルイケ・ソプ魔導言語（基礎）』とかいうスキルを取得していた。このスキル、取得コストがかなり低かったからあまり期待していなかったけど……実はとんでもなくチートなのでは!?

◆◇◆◇◆

結論から言うと、遺跡のダンジョン探索はすぐに中止になった。

最深部の上階の『墓所』に足を踏み入れた瞬間、2人が『こりゃ無理だ』と撤退を決断したからだ。もちろん事前に死霊術師《ネクロマンサー》とスケルトンの話はしていた。しかし連中が動きだした瞬間、フィーダさんが顔を引きつらせながら武器を抜き放ち『撤退だ！』と叫び、それと同時にロルナさんが俺の手を強く握り『墓所』から強引に引っ張り出したのだ。あまりに迅速な行動だったせいで、一瞬何が起きたのか分からなかったほどだ。

そして今は、再び砦の小部屋に戻ってきている。

「……ヒロイ殿、あれは無理だ」

どんよりした空気の中、席についたフィーダさんが頭を抱えつつ、口を開いた。

「あんたは商人だから知らなかったんだろうが、あいつらはただのスケルトンじゃない。挙動からして、統率された兵士だ。少なく見積もっても、普通の奴の数倍は強い」

「兵士長の言うとおりだ。浄化系の神聖魔法を扱える高位神官が数人いれば対処できるだろうが……あいにくこの砦には配置されていない。残念だが……あのまま進むのは危険すぎる」

「そんな恐ろしい魔物だったんですか……」

たしかにスケルトン兵たちはそれなりに組織的に行動していた。動きも兵士っぽかったのは間違いない。だが『普通の数倍は強い』かどうかは、『普通』を知らない俺には判断しようがない。ただ……2人が言うのならば、そうなのだろう。

「参考までにお伺いしますが、普通のスケルトンってどのくらいの強さなんですか？」

「そうだな。一般的に、アンデッドは1体につき兵士2人以上で対処するのが基本だ。俺や騎士殿ならば、1人で30体くらいは対処できるだろうが……な」

「あのスケルトンならば？」

「部隊行動ができる時点で、ただのスケルトンとは比較にならん。そもそも不死の軍団だぞ？　下手をすれば3倍の兵士でも足りないくらいだ。もちろん俺らでもあの数は無理だ。あんた、一体どうやってあそこを突破したんだ？」

そんなに強かったのか、あのホネホネ軍団ども……。

まあ、軍事素人の俺でもなんとなく理屈は分かる。言ってみれば、アイツらは『攻撃しても怯《ひる》まず恐れず死ぬこともない統率された兵士』だ。確かに、これほど恐ろしい敵はいないだろう。まあ死霊術師《ネクロマンサー》を倒したら一瞬で骨に戻るんだけどさ。……それを言ったら『あの中から一瞬で見つけるのは無理だ（だろ）！』と2人に怒られてしまったが。

「まあ、それはさておき……ヒロイ殿は商人とはいえ、少なくともワイバーンやオークコマンダーを一瞬で屠《ほふ》るほどの魔法使いだ。その実力に疑問を抱くつもりはない。だが……あの部屋を突破できたのは、運が相当によかったからだろう」

呆れたような口調で、ロルナさんがそう結論付けた。

「そう……だったかもしれませんね」

俺は足元で大人しく寝そべっているクロを見る。今でこそコツを掴んだから1人でも楽に殲滅できるが、最初はコイツが助太刀《すけだち》してくれなければ危うい場面もあった。そういう意味ではロルナさんの言うとおりだ。俺は魔眼の力を手に入れて、少し調子に乗っていたのかもしれない。今後はもっと気を引き締めて、なるべく一瞬で死霊術師《ネクロマンサー》を倒せるように努力しなければ。

「それで、だ。話は戻るのだが……」

ロルナさんが申し訳なさそうな様子で切り出した。

「ダンジョンの存在を確認できたことで、短剣が本物の『イーダンの短剣』であるとの確信は持てた。だが、やはりすぐに買い取ることはできない」

「鑑定が必要なんですよね？　武器商の方の」

それはさっき聞いたとおりだ。もちろん俺も無理を言うつもりはない。

「うむ。それ以外にも、大金ゆえ売買取引そのものに砦主の許可が必要だということもあるが……とにもかくにも、正しく価値を判断するために専門家の鑑定が必要だ。武器商の手配をするのでしばらく時間をいただけないだろうか？」

「もちろん構いません」

こちらとしては、願ったりかなったりだ。その後、再訪の日取りや当日の段取りを確認しつつ2人と雑談に興じていると、ロルナさんが思い出したように切り出してきた。

「……と、そうだ。ヒロイ殿が持ってきた『万年筆』なのだが、今日は他にも持ってきているのだろうか？　まず私に使ってほしい、ということならばまとまった数を売り出すつもりなのだろう？」

「ええ、もちろんですよ」

ロルナさんは意外と察しがいいな。俺はリュックの中から今日持ってきた万年筆を３本、取り出した。一応、包装は取り外してある。

「ふむ」

ロルナさんは満足そうに頷き、言った。

「では１本につき金貨１枚で買い取ろう」

「ぺ、ペンに金貨１枚だとっ⁉」

ロルナさんの申し出に、なぜかフィーダさんが素っ頓狂《とんきょう》な声を上げた。

「そんなにおかしいか？　インクを切らさずに書き続けられる、魔法じみたペンだぞ。それくらいの価値はあるだろう」

「いやまあ……騎士殿の判断だ。好きにすればいいが……俺には到底理解できん」

まあフィーダさんは元冒険者ということだし、叩き上げというか『現場』の人間なのだろう。ならば万年筆に価値を見出すのは難しいのかもしれない。

それにしても……である。この世界での金貨の価値は分からないが、これまでの2人の話しぶりから金貨1枚は相当な大金だ。おそらく、1枚が10万円くらいの価値なのではなかろうか。

1本1000円前後の万年筆が、10万円に化けてしまったわけだ。

しめて約30万円。俺のひと月の給料よりずっと多い。ヤバすぎるだろ。

「お買い上げ、ありがとうございます」

正直罪悪感がないわけではないが、俺としては、そう言って深く頭を下げるしかなかった。

◆◇◆◇◆

「なんか、普通に売れちゃったな……」

俺はクロと一緒に砦を出て遺跡へと続く小道を戻りながら、ぼんやりと呟く。手には、『せっかくだから』とロルナさんが準備してくれた金貨入りの革袋を持ったままだ。軽く袋を振ってみると、チャリチャリと小気味の良い金属音が響いてきた。袋を開けてみると、金色に輝く硬貨が3枚。

「ふふっ……！　おっと」

なぜか笑みが込み上げてきて、俺は慌ててもう片方の手で頬を押さえた。やはり金貨のインパクトはすごい。500円玉程度の硬貨がたった3枚だけだというのに、その存在感たるや。なんだかもうこれだけでお金持ちになった気がするのだから、もしかしたら金貨にはそういう魔法がかけられているのかもしれない。

ちなみに金貨に『鑑定』をかけてみたところ、『ノースルイン王国および周辺諸国で流通している金貨。刻印されている人物はノースルイン王国建国の父、蛮王ジルドニク・ノースルインである』と出てきた。この世界における金貨の価値が分かればありがたかったのだが、まあ相場なんて変動するものだろうからな……こればかりは仕方ない。

万年筆の使い方と付属の予備インクの補充方法を説明し、対価として金貨3枚を支払ってもらったあとは、『イーダンの短剣』の話題に移った。

内容は主に武器商と会う時の段取りだとか、日程の調整だ。武器商の方は定期的に砦に武器や雑貨などを卸《おろ》しにやってくるらしく、次の訪問が3日後で予定が合わず。ただ、その時に話を通してくれるとのことだった。次々回は7日後とのことだったので、そのタイミングで面会する運びとなった。ちょうど土日に当たるのでひと安心である。

その後はいろいろと、それとなくこの世界の情勢を聞いたりした。

まずこの砦が、森の奥にある『魔界』から侵入してくる魔物を食い止めたり監視したりするための障壁だということ。それゆえ万里の長城みたいに城壁がやたら長く伸びているのだそうだ。といっても周辺には山や谷がいくつもあるので、そこに突き当たるまでだそうだけども。

それと、俺が倒した魔物『オークコマンダー』のこと。コイツは『魔王軍』の現場指揮官だったそうだ。ていうかこの世界、やっぱ魔王がいるんだな。まあ、魔物がいるのだから魔物の王がいても不思議ではないけど。

ちなみになぜこの砦が襲われていたのかは教えてくれなかったが、代わりに最近はどうも魔王軍の動きが活発になってきているので砦でも警戒を強めていた矢先だったのと、俺が指揮官を討伐したことでどうにか持ちこたえることができた、と頭を下げられた。そんな時期に、素性の知れない俺を歓迎してくれた2人には感謝しかない。

そんなことをつらつら考えながら、遺跡の前までやってきた時だった。

『……フスッ』

足元で不機嫌そうな鼻息が聞こえた。見れば、クロがこちらをじっと見上げている。

「悪い、腹減ったよな。早く帰ろうな」

すでに昼過ぎだ。時差を考えると、現実世界は今、だいたい深夜くらい。来る前に昼飯を食べておいたから俺はまだ余裕があるが、大食漢のクロは空腹がつらくなってくる頃合いだろう。

できればもう少し異世界に滞在して、可能ならば砦の周辺にある村とか街に立ち寄り、クロに与えられる食べ物を探したりしたかったのだが……ロルナさんに聞いてみたところ、どうやらこの砦は人里からそこそこ離れた場所にあるらしく、最寄りの集落なら徒歩で小一時間、街なら徒歩で半日かかるそうだ。

となれば、さすがに今回の滞在で寄り道するにはちょっと厳しい。今度来る時は、できるならば有休を取って数日は滞在したいところである。

もっとも、問題はその有休をどう取るか、なのだが……現状、ウチの会社では有休を取るヤツがほとんどいない。理由はシンプル。冠婚葬祭以外は課長が却下するからだ。正直、完全にパワハラだしブラックそのものなのだが……皆、課長が怖くて文句を言えないので、そういう風土が出来上がってしまっている。だが……俺は今回、その風土に風穴を開けたいと思う。いや、課長怖いけど……ここは気合を入れるべきところだろう。

「……よし！」

俺は遺跡の転移魔法陣に乗りながらパチンと両頬を張った。

◆◇◆◇◆

「……さっむ!!」

ダンジョンの魔物を倒しながらダンジョンを抜け、現実世界へ。

時刻は深夜1時すぎ。立ち並ぶ雑居ビルの間を冷たい風が吹き抜けてゆき、俺は思わず首を縮めた。異世界はかなり温暖だったから、余計にこちらの寒さが身に染みる。

さっさと家に帰ろう。そう思い、急ぎ足で住宅街の路地を進んでいた……その時だった。

『ガルッ！』

足元でクロが小さく唸り声を上げた。

「どうしたクロ？」

腹が減りすぎて抗議の声を上げたのかと思ったが、どうやら違うようだ。クロは毛を逆立てて、俺を通り越して……真上を見ていた。

「……なんだあれ？」

見上げれば、月夜の下、電柱の頂上に黒く浮かび上がる『人影』があった。長い髪をなびかせた、小柄な人影だ。手には、何か巨大な鈍器のようなものを持っている。

…………最初はそういう飾りかと思った。もちろん違う。

ハロウィンはもうひと月以上前のことだ。クリスマスは近いが、サンタの人形ではない。

『人影』はゆらりと傾き、電柱の上から落下するように見え——消えた。背筋に強烈な寒気が走る。これは……殺気⁉　同時に左目がチリチリと疼いた。視界の半分が朱く染まる。久しぶりの灼熱感。スキルで魔眼の色を解除していたのに、強制的に戻りやがった！

クソ、なんだこれ！

「くっ……マジかよっ⁉」

フィーダさんに飛ばされたものどころではない、強烈な殺意が俺の全身にまとわりつく。それが耐え難いほどに強くなった。ここにいるとヤバい……！

反射的に、俺はクロを抱えてその場所から飛びのいた。

——ズガン！　次の瞬間。人影が勢いよく降ってきた。地響きと共にさっきまで俺のいた場所にクレーターができる。それをしでかしたのは——

街灯の明かりに照らされ、『彼女』の姿が浮かび上がる。フリフリの衣装。淡いピンクのツインテール。歳は13、14くらいだろうか。彼女の周辺には、冬眠前のリスみたいな丸い小動物が浮かんでいる。彼女が手に持っているのは、自分の身体より大きな槌《ハンマー》だった。

「…………魔法少女⁉⁉」

ソイツは、そうとしか思えない衣装を身にまとった小柄な少女だった。

「なっ……妖魔のくせに私の攻撃を躱した⁉」

少女——魔法少女が驚いたような声を上げ、俺を見た。とても可愛らしい顔立ちの少女だ。

中学生くらいだろうか？　学校ではさぞかし男子からモテモテだろう。だが、俺にとっては明確な脅威としてしか映らない。そもそも子供相手に何か感情が湧くということもないが……。

強いて言うのなら、俺……オヤジ狩りされてる!?

とはいえ、相手はただのコスプレ少女ではないらしい。手に持った武器は本物だ。でなければ、地面に大きなクレーターなんてできない。こっちの世界でも魔物がいたりと多少はファンタジーな要素があるとは思っていたが……こっちの方向は予想していなかったぞ！

「あの……俺、変質者とかじゃないんだけど」

『ガルル……！』

珍しくクロがかなり警戒している。確かに、これまで戦ってきた魔物と違ってかなり強そうに見える。というかもう武器からしてメチャクチャ強そうだ。なんたって彼女の身体よりデカい槌《ハンマー》だからな。あんなのが直撃したら、人体なんて簡単に挽肉《ひきにく》になってしまう。

とはいえ、だ。

「クロ、お前は手を出すな。こっちの世界では、人に対する暴力は犯罪なんだ」

彼女がこの世界における『普通の人間』なのか、それとも『別の存在』なのかが判然としない以上……こちらから攻撃を仕掛けて、重傷を負わせたり死なせてしまうのは絶対マズい。

俺は犯罪者になりたくないからな。

『……フスッ』

と、クロが唸るのをやめ、代わりに鼻を鳴らした。それからタタッ！　と猫みたいに跳躍し塀伝いに近くの民家の屋根に飛び移った。まるで俺の言葉が通じているような行動だった。

というか、前々から思っていたけども……もしかしてクロ、俺の言葉を理解してる……？

なんか俺の方を向き、『無理するでないぞ』みたいな視線を送ってきているし。

とはいえ、今はクロの賢さに感動している場合じゃない。まずは目の前の魔法少女だ。

「大丈夫だ、俺は負けたりなんかしないよ」

とりあえず、そう言っておく。

「チッ……ルーチェ、あいつ、『擬態型』？　それとも『寄生型』？　一緒にいる犬もなんか忍者みたいな身のこなしだけど。使い魔かしら？」

『うーん……分からないっチュ。ていうか、あんな妖魔見たことないっチュよ？』

一方、魔法少女は舌打ちをしながらこちらを睨みつけ、訳の分からないことを呟いている。

そして困惑した様子を見せているのは、彼女の隣にふわふわと浮かぶ太ったリスみたいな小動物だ。あれは『マスコット』か？

それはさておきカートゥーンめいた見た目と仕草が妙にイラッとくる。

「は？　どう見ても妖魔でしょ！　あんな片目が燃えてる人間なんて見たことないわよ」

『でもでも、『大書庫《アーカイブ》』の検索に引っかかってこないッチュ。おかしいッチュ』

「あんたの探し方が悪いだけでしょ!?　もっとちゃんと探しなさいよ」

『うぅ……人使いの荒い魔法少女ッチュ……』

なにやら魔法少女とマスコットが言い合いをしているが、どうやら力関係は魔法少女が上らしい。マスコットがパワハラめいた仕打ちを受けて黄昏《たそが》れている様子は妙なシンパシーを感じるが、彼（?）を助けてやる義理はない。

それより、どうやってこの場を切り抜けるかを考えなければ。

——と、その時だった。

「ま、『擬態型』よね。『寄生型』が私の攻撃を見て避けられるとは思えないし」

「……っ!?」

声は、耳元で聞こえた。目の前の魔法少女がいない。左側から、ヒリつくような殺気。慌てて横を見れば、すぐ近くに魔法少女の顔があった。ウソだろ。今の一瞬で距離を詰められた……!?　すでに彼女は武器を振りかぶっている。やばい……っ！

「大人しく私のポイントになりなさい」

「くあっ!?」

とっさに俺は身体を沈み込ませる。

——ボッ！　直後、空気が爆ぜる音が頭上から聞こえた。どうにか俺の頭は無事だ。だが、チリッと髪が削《そ》がれる感触があった。そして視界の端にパラパラと舞う数本のマイ毛髪。

「なっ……なあぁっ……!?」

サァッと血の気が引く感覚がした。おい……なんつー真似を……っ！　この年になると……っ！　命と……毛根が……っっ!!　同価値になるんだぞっ……！

「あはっ♪　いい大人が情けない声なんか出しちゃって……そんなに私が怖いのぉ？」

そんな俺を見て、嗜虐《しぎゃく》的な笑みを浮かべる魔法少女。くそ、ふざけやがって……！

だが、魔法少女の猛攻はこれだけでは終わらない。

「ほらっ♪　それっ♪　逃げても無駄なんだから！　……逃げるなッ！」

「そう、言われてもっ、だなっ……！」

振りかぶっての薙ぎ払いを躱す。頭上からの叩きつけを避ける。足払いを躱したところに襲いかかるフルスイングは背面跳びの要領でギリギリ回避成功。次々と超人的な速度と威力で繰り出される彼女の打撃を、どうにか躱してゆく。ギリギリでしか躱せない。

ビュン、ビュンと風圧を受け、俺の髪が……髪があぁっ!!

「このっ、ふんっ！　ちょこ……まかとっ！　ポイントが……逃げるなっ！」

「…………ッ！」

クソ、このドS魔法少女め……！　つーかなんだよポイントって！　ゲームのやられキャラじゃないんだぞ！　心の中で毒づくが、口にする隙はない。閉じていないと舌を噛みちぎってしまいそうだからだ。それにしても、クソ、身体が重い……！　今のところはどうにか躱せているが、やはり現実世界ではダンジョンのように上手く身体が動いてくれない。このままじゃジリ貧だ。どうにか起死回生の策を……せめて、この子の弱点とかが分かれば……！

いや、弱点そのものは分かっている。彼女の胸元にあしらわれた宝石が、赤く光っている。そこだ。だが素早く動き回るこの状況で狙い撃つのは無理だ。

そもそもあれを『魔眼光』で撃ち抜けば、そのまま彼女の身体を貫通してしまうだろう。重症で済めばいいが、死なせてしまう可能性を考えると躊躇《ちゅうちょ》せざるを得ない。まあ状況的に間違いなく正当防衛なのだが……年端もいかない女の子を殺《あや》めてその論理が本当に通じるのか、俺には判断がつかない。ゆえに俺が取るべきは……できれば非殺傷で、対話可能な手段で……。

そうだ。まだ使っていない手があった。『鑑定』だ。

これで少なくとも、相手の素性が判明するはずだ。正直、人に使うのは絶対にマズいと俺の本能が言っている。しかも相手はどう見てもＪＣだ。そんな子を『鑑定』で覗き見るとか、犯罪かどうかはさておいてもいかがわしすぎる行為だ。

だがこの状況で彼女と対話するための材料を得るためには、どうしても必要だった。少なくともこの状況で俺に思いつく最善の手段はそれしかなかった。

ええい、ままよっ!!　――『鑑定』っ!

俺は暴れ狂う魔法少女に視線を合わせ、スキルを発動する。一瞬の間を置いて、目の前に彼女のステータスらしき文字列が浮かび上がり……。

「ひゃんっ……!?」

いきなり魔法少女が変な吐息を漏らした。それと同時に、ピタリと攻撃が止まった。

そして……。

「あんた今、私に何をしたの……?」

俺を睨みつける彼女は赤面し、涙目だ。しかし底冷えするような声色だった。

それに……今までとは比べ物にならない殺気が彼女から放出されている。

周辺の空気が歪んで見えるほどの、濃密な殺気だった。

「………」

これ、俺完全に何かやっちゃった感じ……ですよね……?

異世界でロルナさんとかフィーダさん相手に使わなくてマジでよかった。

「このセクハラ妖魔が……ッ!!　絶対に……絶対に絶対に絶対にブッ殺すッ!!!」

これ以上ないほど激高した魔法少女が、猛然と襲いかかってきた。

それと同時に、彼女の『ステータス』が視界に現れる。

《名前：朝来蒔菜《アサゴマキナ》》

《性別：女性　年齢：14歳　身長：１４４㎝　体重：38㎏》

《干渉不能》《干渉不能》

《I市在住、T市聖桜学園に通う中学2年生。性格は大人しく、引っ込み思案で意思表示が苦手。友達は少なく休み時間はトイレに籠《こも》り、こっそり持ち込んだゲーム機でずっと遊んでいる》

《数ヵ月前に『妖魔』に襲われ致命傷を負うが、『[redacted]（干渉不能）』に救われ一命を取り留めた。以後、『魔法少女ミラクルマキナ』として活動中》

《この者ではありません》

俺の目に、次々と流れてゆく文字列。これで彼女との対話の糸口を掴みたいと思ったんだが……正直、まっっったく役に立たねぇ！

通ってる学校？　そりゃＪＣだとか見りゃ分かるって！　性格は大人しい？　どこがだよ！　虎みたいに狂暴じゃねえか！　名前？　正統派魔法少女だな、それがどうしたってんだ！

その他の情報はありきたりでこの場で役に立ちそうもない。それに、この子を魔法少女にしたというナニカについては『干渉不能』らしい。

要するに今の『鑑定』レベルでは確認不可能な情報ということだ。それともう一点。

『この者ではありません』というコメントがあるが……なんの話だ？　よく分からんぞ。

いずれにせよ、相手を怒らせて得た対価としてはかなり渋い結果だ。だが、今の俺の『鑑定』レベルではこれが限界だということだろう。これればかりはどうしようもない。

「このっ！　絶対に！　殺す！　殺すッ！　死ねッッ!!」

ただ……しばらく観察していたせいか、俺は魔法少女の攻撃を徐々にだが見切れるようになってきていた。それに、激高しているせいか彼女の攻撃が単調になった気がする。今やムキになって武器をブンブン振り回しているだけだ。速度も威力も増しており当たれば即死間違いなしだろうが、もうあまり恐怖は感じない。……正直、黙らせることなら簡単にできる。度重なる魔物との戦闘で鈍麻《どんま》してしまったのか、相手を制圧することに対する抵抗感は自分でも驚くほど薄かった。

ただ、それをやってしまえば……俺はもう人として生きていくことはできないだろう。理性がストップをかける。こんなくだらないことで犯罪者になるのはイヤだ……と。

「なんでっ！　当たらないのっ！　このセクハラ妖魔がっ！」

「セクハラっ、なんかっ……して、ないっての！」

「うるさい妖魔が喋るな死ね！」

「ご無体なっ!?」

顔を真っ赤にして武器を振り回す魔法少女。相手の底が見えたことで少し冷静になった俺は、彼女の罵倒《ばとう》と攻撃に付き合いつつ思考を巡らせる。そして疑問に思った。

彼女のことじゃない。俺たちを取り巻く環境のことだ。なぜ、これだけ大騒ぎをしているのに誰も家から顔を出さないのか。警察どころか野次馬が集まってくる様子すらない。こんな深夜に、女の子の金切り声やら打撃音がそこら中に響き渡っているのに？　そんなバカな。そこで俺は一つの可能性に思い至った。

この状況……もしかして、何か結界とか施されている？

もちろんこっちの世界のマジカル謎パワーのことなんぞ全く分からない。だがここまで静かだと、それらの可能性を考えざるを得ない。だが、どうすればいい？　結界の類だと仮定して、それを張っているのは魔法少女か？

……いや、違うな。明らかに彼女は脳筋系魔法少女だ。その証拠に武器をぶん回して俺を攻撃しているが、マジカルなビーム的飛び道具だとか、バフ・デバフのような魔法を使っている様子がない。もしかしたら、俺の魔眼と同様に身体能力強化などのスキルを使用している可能性はあるが……少なくとも俺を弱体化させているものではないと思われる。俺の身体が重いのは、あくまで現実世界だからだ。

となれば……そうか、あのマスコットか。アイツが黒幕かどうかは分からないが、少なくとも魔法少女よりは状況を打開するヒントを得られる可能性がある。さすがにアイツにまでセクハラ呼ばわりされると微妙な気分になりそうだが……背に腹は代えられない。ええい、ままよっ！　俺はマスコットに視線を合わせて『鑑定』を発動させた。

《名前：ルーチェ》

《種族：干渉不能》

《『■■■■（干渉不能）』による派遣（非正規）マスコット。『干渉不能』であること以外は『干渉不能』。『干渉不能』で『干渉不能』、『干渉不能』となるが『干渉不能』》

《干渉不能》《干渉不能》《干渉不能》

《この者ではありません》

「なんだコイツ……」

あまりの異様なステータス表記に、俺は一瞬息を呑んだ。マスコットは魔法少女と違い、俺の『鑑定』に気づいた様子はない。理由は分からないが、魔物を『鑑定』しても特に反応しなかったことを思えば奴も魔物寄りの存在なのかもしれない。

だが、そんなことはともかく……どう考えてもこのマスコット……魔法少女なんか比じゃないくらいヤバいだろ！　少なくとも彼女と比べて情報のガードがあまりに固すぎる。どうやら魔法少女よりもマスコットの方が、重要度が上だということは間違いなさそうだ。ただ、コイツも『この者ではない』らしい。何のことかよく分からんが……魔眼的には敵ではないということか？　と、その時だった。

『チュッ⁉』

ビクン！　とマスコットが痙攣し、動きが止まった。

「ルーチェ？」

マスコットの異変に気づき、魔法少女が攻撃をやめ奴の方を見る。と、マスコット――ルーチェが急に周囲をキョロキョロと見渡し、慌てだした。

『チュチュチュッ！　は、はいお疲れ様ッチュ！　えっ、視られた？　別に気づかなかったチュけど……えぇっ？　もうッチュ⁉　でもボクの時きゅ……活動限界はまだで……いえ文句など……申し訳ありませんッチュ！』

なんか耳の辺りを押さえながら、街角のサラリーマンみたいにペコペコしだしたぞ。

察するに、どうも外部通信とか電話的なモノが奴に入って、それに応対しているようだ。

俺と魔法少女を見比べて、なんか焦りまくっている。その動きは、コミカルを超えて妙に悲哀を感じさせる動きだった。どうやらマスコット業界も結構世知辛いようだ……。

『……はい、承知いたしましたッチュ！　お疲れ様ッチュ！　……ミラクルマキナ、ちょっとストップッチュ！　ちょっとなんか上の方が今すぐこの場を撤収しろって言ってるッチュ』

と、通話（？）を終えたルーチェが慌てて魔法少女のもとに飛んできた。

当然、彼女は顔をしかめて抗議する。

「はああっ⁉　あとちょっとなのに！」

『ゴメンッチュ。でも無理ッチュ。あと3分で『力』を強制終了するって言ってるっチュ。そうなったらボクもこの『結界』は保てないッチュ。下手をするとミラクルマキナのエロ可愛い姿が全世界にさらされてしまうッチュ』

「……なんなのよもう！　ていうかエロ可愛いってなんのこと？」

『っ⁉　い、今のは言葉の綾《あや》ッチュ！』

「チッ……！　仕方ないわね。今日は撤収するわ。……そこの妖魔のおじさん！」

マスコットと話が付いた魔法少女が俺を睨みつけ、ビシッ！　と指を突き付けてきた。

「アンタ、顔は覚えたわよ。今度は絶対に殺すから待ってなさい！　ルーチェ、行くわよ！」

『あっ⁉　待ってッチュ！』

捨て台詞を残して、魔法少女が跳躍。あっという間に夜の闇へと消えていった。そのあとを、ふよふよとマスコットが追っていく。

と、連中の姿が見えなくなった途端、急に周囲から様々な気配がするようになった。遠くから聞こえる犬の遠吠え。周囲の民家から聞こえるテレビの音や話し声。どうやら『結界』とやらは消滅したらしい。気が付けば、周囲のクレーターや破壊された塀などもキレイに修復されていた。いつもどおりの、何の変哲もない帰り道だ。過程はどうあれ、連中を追い払うことには成功したらしい。その事実を認識して、俺はホッと安堵の息を吐いた。

「はあ……なんだったんだアイツら」

というか。顔を覚えられるも何も、こっちは絶対に連中のこと忘れないっての……。

◆◇◆◇◆

「…………」

魔法少女の襲撃のあと。近くのコンビニで食事を買い込みクロを連れて帰宅すると、ドッと疲れが全身から吹き出してきた。無言で靴を脱ぎ、そのまま玄関に座り込んだ。今日は1日でいろんなことがありすぎた。もう心身共に限界だ。

「はあ……疲れた……」

『…………』

へたり込んだまま頭を項垂《うなだ》れていると、俺のほっぺたにクロが鼻先をくっつけてきた。冷たく湿った鼻の感触と、フンフンと吹き付ける鼻息の感触がくすぐったい。

どうやら心配されているようだ。

「大丈夫だ、疲れただけだって」

抱き寄せて頭をワシワシ撫でてやると、クロは気持ちよさそうな様子で目を細めた。

その様子を見ていると、だんだんと疲れが抜けてくるのが分かった。

はあ……マジ癒されるなコイツは。最高かよ。心と身体の活力が戻ってくるにつれて、先ほどの出来事が鮮明によみがえってくる。

魔法少女の襲撃。ゴブリン兵とは比べ物にならない本格的な戦闘。無傷で生還できたのは奇跡だと思う。それにしても、まさかこっち側が魔法少女のいるファンタジー世界（しかも割とデンジャラス）だとは思わなかった。まあ、俺が魔眼なんかに覚醒したり魔物が人に取り憑《つ》いて悪さしてるっぽい世界な時点でそこはお察しか。

となると、これまで目を向けないでいた問題を直視せざるを得なくなる。今回相手に手を出さずに済んだのは、ただの幸運だった。

今後、武力で撃退せざるを得ない状況に追い込まれた時に、その手段がないと詰みだ。

それにマスコットの話しぶりからして、連中よりもずっと強大な存在がいるっぽいし。他にも魔法少女がいる可能性だってある。そいつらは、あのミラクルマキナとかいう子より強いかもしれない。それにこちら側の魔物が、以前遭遇したようなザコばかりだとは限らない。ソイツらと遭遇した時、今日みたいに生き残れる保証はどこにもない。

強くならなければ。真剣にそう思った。

幸い俺には、成長する『魔眼』がある。クロもいる。今よりも、もっともっと強くなれるはずだ。そう思うと、ちょっと気が楽になってきた。

それにしてもあの魔法少女、やたら狂暴な子だったな……マスコットもふざけた見た目だったが中身はヤバい感じだったし、連中とは今後はなるべく出会いたくないものである。そういう意味では、『鑑定』で彼女が住んでいる場所と通っている学校が分かったのはラッキーだった。I市も学校があるT市もここからは少し離れた場所だ。近づかないようにすれば偶発的な遭遇は避けられるだろう。

ただ、奴らに襲われたのはダンジョンから自宅までの帰り道だ。向こうが偶然俺を見つけたのか、前々からマークしていたのかは分からないが、ルート変更は必須だろう。ダンジョンから出てくるところは見られただろうか。状況からして見られている可能性はあるが……『ダンジョン』と認識できているかどうかは分からない。ただ、同じ場所を見張っている可能性はゼロではない。現状では、極力ダンジョンに近づかないのが安全策と言える。いや……待てよ。

「……そういえば、『隠密』はまだ使ってなかったな」

マナの獲得もかねてダンジョンの敵は通るたびに殲滅していたから、スキルを使う機会がなかったことに今さら気づく。ダンジョンの出入りでこのスキルを使っていたら、もしかして魔法少女に絡まれることもなかったかも……と思ったがあとの祭りだ。

もっとも、『隠密』があの魔法少女やマスコットに有効かどうかは分からない。だから、なるべく強くなっておく方針は変わらない。

で、肝心の強くなる方法だが……基本的には魔眼とスキル強化が軸になっていくのだが、それとは別に戦闘自体の訓練も必要だと思われる。ただ、戦闘訓練ってどうやればいいんだ？

特に対人の。格闘技系のジムとか道場に通う？　剣道場とか？　いや……微妙なところだ。

となれば、やっぱ異世界に行く必要があるか。あっち側ならばゴブリンやオークなど人型の魔物もいるし、ロルナさんやフィーダさんに頼みこめば何かしら教えてくれるかもしれない。

それに、冒険者になるという手もある。これは時間的な問題で今は難しいが……選択肢の一つとして検討すべきだろう。

よし、今後の方針がだいたい決まったな。明日……日曜は、どうにか『隠密』を使い異世界に行ってロルナさんたちに戦闘訓練をお願いする。それと並行して、なるべく魔物を倒してマナを稼ぎレベルを上げるようにする。あとは……まとまった時間を確保するためにも、やはり有給の取得は必須か。できれば来週いっぱい取りたいが、急なので課長に却下される可能性が高い。せいぜい来週金曜の1日……いや木金の2日くらいだろうか。自分の仕事もあるので、あまり長期の取得は自分の首を絞めることになるしな。もしかしたら、強くなるより有給のやりくりの方が難易度が高いかもしれないな……。

くそ、今日ほど社会人の身分が煩《わずら》わしいと思ったことはない。だが、生きていくためにはそう簡単に仕事を辞めることはできないわけで。やはり転職を検討するべきだろうか。もっと気軽に休めて残業も少ない、ホワイトな会社に……。

「はは……こんな状況で仕事のことを考えてるなんてな」

自嘲気味の笑い声が出た。これが正常性バイアスってやつなのだろうか。まあ、今はどうにか頑張るしかない。

『…………フスッ！』

「……っと」

と、俺のわき腹にツンツンアタックを繰り返すクロの鼻先の感触で我に返った。そこで、俺が玄関に座り込んだままで夕食すら取っていなかったことに気づく。

「あぁ、ごめんごめん。早くご飯を食べようか。今準備するからな」

そんな感じで遅い夕食をクロと一緒に食べ、シャワーを浴び、すぐにベッドにもぐりこんだ。

できれば今回得たマナをレベルとスキルに割り振りたかったのだが……そんな余力は残っていなかった。とりあえず、それは明日……。

同じ布団にもぐりこんだクロの温もりもあってか、眠りにつくのはあっという間だった。

《…………………》

《ようやく手がかりの一つが見つかりました》

《ですが……まだ今はその時ではありません》

《それと》

《覚えていないかもしれませんが、貴方に対しては到底返しきれない恩があります》

《ですので、しばらくは貴方の都合を優先させていただきたく思います》

《是非とも、強くなっていただきたいのです》

《……私の目的を達するためにも》

夢を見た。またあの綺麗な女の人だ。言っていることの意味は、よく分からなかった。

第4章　社畜は強くなりたい

翌日。結論から言えば、自宅からダンジョンまでの道のりで魔法少女らに遭遇することはなかった。『隠密』のおかげかそもそも待ち伏せがなかったのかは分からないが、結構覚悟を決めていたので拍子抜けだ。まあ戦闘しないに越したことはないんだけどさ。……今はまだ。

ちなみに『隠密』の効果はてきめんだった。発動している間は、堂々と道を歩いているのに全く通行人に認識されないのだ。あまりに効果が強力なので、一度だけ思い切って対面からやってきたオッサン（結構イカツめ）の肩と自分の肩を軽く触れさせてみたが、それでもオッサンは反応することすらなかった。少なくとも一般人レベルでは、完全に存在を隠蔽できるようだ。魔物に関してはさすがに一般人と同じレベルとまではいかなかったものの、死霊術師《ネクロマンサー》のいるフロアに入っても散らばっているスケルトンに触れない限り襲いかかってくることはなかった。戦いたくない時は有効利用できそうである。そして……。

「はあ……昨日ぶり！」

『…………！』

俺は朝もやに包まれた遺跡の広場で、グッと伸びをした。それを真似してか、クロも足を踏ん張ってぐ〜っと伸びをする。可愛い。

なんだろう、異世界がこんなにもホッとする場所になるなんて昨日までは思ってもみなかった。まあ、明日は仕事なので今日も今日とて日帰りなんだが。世知辛い。

余談だが、転移魔法陣のある場所には即席の囲いが設置されていた。間違いなくロルナさんたちの仕業だ。まあ、ここまでお参りに来た人が誤って転移してしまうと危険だからな。

「それにしても、まだ暗いな」

現実世界を昼過ぎに出たせいか、ご来光《らいこう》はまだのようだ。空を見上げると、森の奥の空がちょっとだけ明るくなっている。結構時差があるので、こっちはおおよそ朝の5時半くらいだろうか。もうちょっと早いかもしれない。準備運動を兼ねてクロと一緒に遺跡の魔物を1体残らず殲滅したから、身体も暖まっている。マナもだいぶ稼げたはずだ。

「ええと……」

念のため自分のステータスを確認。

《廣井新　魔眼レベル：10》

《体力：350／350》

《魔力：565／570》

《スキル一覧：『ステータス認識』『異言語理解』『明晰夢』『魔眼色解除』『ルイケ・ソプ魔導

言語（基礎）』『弱点看破：レベル5』『鑑定：レベル6』『身体能力強化：レベル3』『魔眼光：レベル3』『模倣：レベル1』『隠密：レベル1↓3』》
《現存マナ総量……56280マナ》

ちなみに魔眼とスキルについては、家を出る前に『隠密』をレベル1から3まで上げた以外は、まだ手を付けていない。で、現在取得可能なスキルはというと……。

俺はステータスの『取得可能スキル一覧』を表示させる。

《『アンデッド召喚（スケルトン）　20000マナ』『ドラゴンブレス（火焔）　25000マナ』『ルイケ・ソプ魔導言語（初級）　50000マナ』『気配探知　50000マナ』『見切り　5000マナ』『煽《あお》り耐性　50000マナ』『遮音結界　100000マナ』》

結構取得できるものが増えた。上の3つ以外は昨日魔王軍の魔物や魔法少女との戦闘時に『模倣』で増えたやつらしい。うーむ、今更ながら『模倣』のチートさが際立つな。

今のところ、取得しようと思っているのは『気配探知』『見切り』辺りだろうか。

『遮音結界』はマナが10万も必要なのでしばらくは無理っぽい。

あとはロルナさんやフィーダさん、あるいは他の人にでも……稽古《けいこ》を付けてもらうことができれば、剣術系のスキルが手に入るかも……という目論見《もくろみ》だ。

それを勘案したうえで、取得すべきスキルや魔眼のレベルアップを検討したい。

「よし、もう少し明るくなったら行くか」

『………』

クロもこちらを見て軽く尻尾を振り『頑張るのだぞ』と言っているように思える。可愛い。

とりあえず2人のために追加の手土産も持参したので、あとは当たって砕けろの精神だ。

◆◇◆◇◆

「いいだろう。ヒロイ殿が自身を鍛えたいと言うのならば協力しよう」

前回と同様に砦の小部屋に通されたあと。最初は昨日の今日の訪問で少々戸惑っていたロルナさんだったが、詳細を伏せつつも事情を説明するとあっさりＯＫされた。

「分かる。分かるぞ……！　貴殿には絶対に乗り越えたい、倒したい敵がいるのだろう！　そうだ。それこそが騎士の道というものだ……!!」

テーブルの向こう側で熱っぽく語りながら、うんうんと深く頷くロルナさん。いや、突然の申し出にもかかわらず快く協力してくれるのは嬉しいんだけどさ。

……なんかこの人、変なスイッチ入ってないですかね？

「これから朝の鍛錬《たんれん》だ。ヒロイ殿も練兵場まで来るといい」

「ウッス」

張り切った様子のロルナさんに連れてこられたのは、砦の中庭にある運動場のような広場だった。規模としては、サッカーのグラウンドよりふた回りほど小さい感じだろうか？

そこでは砦にいる兵士たちが武器を取り訓練に励んでいた。

「おらおら槍兵、突きが遅いぞ！　そんなへっぴり腰じゃオーク兵のデブっ腹に押し返されちまうぞ！　歩兵どももはもっと腰入れて剣を振れ！」

と、彼らに大声を飛ばしているのは……もちろん兵士長のフィーダさんだ。トレードマークの大剣の代わりに、同じような長さの木剣を片手でブンブンと振り回している。まあ、あれで訓練している兵士の皆さんをシバいたりはしないだろうが……迫力はたっぷりだ。

「おっ？　ヒロイ殿じゃねーか。ずいぶんと早い再訪だな？」

と、目ざとくこちらを見つけたフィーダさんが、副官らしき兵士さんに訓練の指揮を任せたあと近づいてきた。

「フィーダさん、おはようございます」

「おうよ。もしかして、早速俺好みの品を仕入れてきてくれたのか？　ならもうちょいで朝練が終わるから、あとで見せてくれよ。それとクロちゃんも軽く撫でさせて……うおっ!?」

「…………！」

フィーダさんがしゃがみこみ例の気色悪めな笑顔でクロを撫でようとしたら、スルリと躱されてしまった。

「……ま、気位《きぐらい》が高い仔《こ》は嫌いじゃないぜ……？」

そう言うフィーダさんは完全にショボーンな顔になっているが、ここはフォローした方がいいのだろうか。したらしたで傷に塩を塗り込みそうな気がする。そんな様子に空気を読んだのか、ロルナさんが苦笑しつつ話を切り出した。

「すまない、兵士長。今日のヒロイ殿は商《あきな》いで来られたわけではないのだ。実は……」

「ロルナさん、そこは私から説明します」

さすがに彼女に全てを説明してもらうわけにはいかない。俺はフィーダさんに事情を手短に話した。

「なるほど。なんだかんだ、あんたも男だったってことか。いいぜ、そういう話は大好物だ」

言って、フィーダさんがニヤリと笑いながら頷いた。どうやらクロに振られたショックからは立ち直れているらしい。ちょっとホッとする。フィーダさんが続ける。

「こっちは練兵のプロだ。俺が引き受けてやるよ」

「待て。兵士長、ヒロイ殿は商人だぞ？　貴様の兵たちと同じようには――」

「あー、分かってる分かってる」

ロルナさんが慌てたように制止するが、フィーダさんはヒラヒラと手を振っただけだ。

「ヒロイ殿についてては個人技訓練の方でいろいろ見てやる。だがまあ、あいつらの訓練が終わってからだ。せっかくだからゆっくり見物していってくれ」

「あ、ありがとうございます」

「な、ならば私も見学していこう！」

フィーダさんの計らいは俺にとって大変ありがたいものだが、なんかロルナさんが大事にしていたおもちゃを取られた子供みたいな顔になってしまった。とはいえ、俺としても『模倣』で兵士さんらの動きを『スキル』として習得できるかもしれない、またとないチャンスだった。ロルナさんには悪いが、しっかり見物させてもらうことにする。

俺は兵士たちの集団戦闘訓練をつぶさに観察する。

…………。

おお、なるほど。集団戦ではこういうふうに立ち回るのか。となると、多数の敵に襲われた時の動きは……なるほどなるほど。魔眼のせいかこれまでの戦闘経験のおかげか、ただ見ているだけなのにスッと自分の身体に戦闘の様子が染み込んでくる。

……訓練が終わる頃には、俺は一対多数の基本的な立ち回りが理解できていた。もしかして、スキルも取得可能になったのでは？　そう思いステータスを呼び出してみると……。

《模倣：『乱戦の知識（基礎）』を習得可能　取得マナ：1000》
《『乱戦の知識（基礎）』：少数対多数の立ち回りの基本を身体感覚レベルで体得できる》
《模倣：『剣術の心得（基礎）』を取得可能　取得マナ：1000》
《『剣術の心得（基礎）』：ノースルイン王国周辺で主流の剣術の基礎を体得できる》
《模倣：『槍術の心得（基礎）』を取得可能　取得マナ：1000》
《『槍術の心得（基礎）』：ノースルイン王国周辺で主流の槍術の基礎を体得できる》

おお、出てきた出てきた。これは全部、今後のためにもマストでは？

取得コストも低めだし、今すぐ全部取得しておこう。

「待たせたなヒロイ殿。……んん？　なんか雰囲気が変わった気がするが気のせいだよな？」

と、集団戦訓練が終わったフィーダさんが、こちらにやってきてそんなことを言ってきた。

「そ、そうでしょうか？」

さすがに『模倣』でスキル取得をしたなんて言い出せず、俺は営業スマイルを浮かべて誤魔化した。いや……このスキル、チートすぎて使うのが申し訳なくなるんだよなぁ……。

だって普通の兵士さんなら、こうやって厳しい訓練の果てに身につける動きなわけで。とはいえ、俺は俺でそんな呑気なことを言える状況でもなく。いずれロルナさんやフィーダさんの役に立てるよう、今日習得できるものはしっかりと全てを吸収させていただくことにする。というか、スキルを取得しただけで雰囲気が変わるものなのだろうか？　その辺はよく分からん。もしかしたら、フィーダさんの勘が特別に鋭いのかもしれない。ちなみにロルナさんは俺をチラチラと見てくるものの、何かを言ってくることはなかった。

「よし、じゃあやっていくか。あんたは『自分は武器なし』『相手は武器あり』での戦闘を想定してるようだが、最初は『どっちも武器あり』の感覚を掴んでおいた方がいいだろう。おい、誰か木剣を持ってこい！　それと……よし、お前。ヒロイ殿の相手をしてやってくれ」

「ハッ！」

そんなわけでフィーダさんから木剣を受け取り、練兵場の真ん中に立つ。

「……ジョシュと申す。お相手、務めさせていただく」

進み出てきたのは、武人といった佇《たたず》まいの兵士さんだ。歳は25歳くらいだろうか。鋭い雰囲気で、こちらを品定めするような視線を送ってきている。めっちゃ強そう。

「こちらこそ、よろしくお願いいたします」

言って、俺も頭を下げた。挨拶は大事だからな。

ちなみにクロは状況を察したのか大人しく練兵場の隅っこ……ロルナさんの隣にちょこんと座り込んだ。彼女がちょっとほっこりした表情になっているのが微笑ましい。

◆◇◆◇◆

ジョシュは目の前のヒロイとかいう男が気に入らなかった。

商人特有の、ヘラヘラとした笑顔。暴力と無縁そうな、都会の潔癖な雰囲気。魔物を倒すどころか、喧嘩の一つすらできるように見えない、貧弱な体格。

職業軍人の家に生まれ『武人たれ』と厳しく育てられたジョシュには、なぜこんな軟弱者を兵士長や騎士殿が引き立てているのか理解できなかった。

（……いや、待てよ）

ジョシュはそこで気づいた。そうだ。あのヒロイとかいう男は兵士長や騎士殿を騙《だま》しているのだ。商人というのは腹で考えていることと口に出すことが違うのだ。

（……ならば、俺が奴の化けの皮を剥《は》いでやればいい）

打ち込んできたところを軽くいなしてから、素早く首に木剣を打ち込んでやるのだ。もちろん寸止めだが、軟弱者には十分な仕置きだ。奴は恐れをなして剣を取り落とすだろう。それで2人も正気を取り戻すはずだ。むしろ、それこそが今、俺に求められている役割なのだ。そうに違いない。……だというのに。

「…………っ」

目の前の男――ヒロイが木剣を構えた瞬間、雰囲気が一変したのだ。

(なんだ、この威圧感は……!?)

まるで飢えたトロルか、完全武装のハイオークを目の前にしたような気分だった。いや、それどころではない。まるでドラゴンだ。人の姿をしたドラゴンが、ジョシュの前に立っていた。

「……ほう。存外、さまになっているではないか。ヒロイ殿は剣術の心得が？」

「いえ。子供の頃に、ほんの少しだけです」

(そんなわけがあるか！)

ジョシュは心の中で、ヒロイのセリフに盛大にツッコんだ。というか、騎士殿の目は節穴《ふしあな》か!?

こいつの圧力は、数々の戦場を生き延びた者のそれだろうが！

「ヒロイ殿、今からこいつと模擬戦をやってもらう。だが、あくまであんたの剣の腕前を見るものだ。気楽に打ち込んでみてくれ」

気楽!?　無理だ！　コイツの目を見てください、兵士長！　何千と人を殺した奴の目をしているでしょうが！　ジョシュの身体に恐怖がジワジワと染みていく。もう、限界だった。

「では、始め！」

「せあああぁぁ――――っ!!」

先手必勝。気づけば、ジョシュはヒロイに渾身の力で打ち込んでいた。段取りなど、もう関係なかった。そうしなければ殺されると思ったからだ。
だが——その一撃は、ただ虚空を斬るだけに終わった。

◆◇◆◇◆

「せあぁぁ……なにっ⁉」

ジョシュさんが、青白い顔で驚愕の表情を浮かべている。

もしかして、躱し方がまずかったのだろうか。それとも足運びがもつれていたので、転ばないか心配されたとか。ジョシュさん、なんか模擬戦が始まる前から険しい顔してたし。

「あの……何か？」

「…………あっ」

と、そこで気づく。よくよく考えたら俺が打ち込んで彼が受ける段取りだったよな？　それを俺がまごまごしていたから、向こうが気を遣《つか》って『こうするんだよ』と打ち込んで手本を見せてくれたのだ。だというのに、俺は受けずに躱してしまった。これでは段取りが狂ってしまう。そりゃ困った顔になるよな。これは謝った方がいいのだろうか……などと考えていたら。

ジョシュさんがなぜかフィーダさんに向かってバッと頭を下げた。

「兵士長殿、申し訳ありません！　つい……」

「いや……お前はよくやった。よし、大体分かった。下がっていいぞ」

「……はっ！」

言って、フィーダさんがジョシュさんを下がらせ、俺の前に立った。

「ははっ。あいつは結構やる方なんだが……ヒロイ殿、やっぱあんたはそうだよな。見くびって悪かった。……今度は俺が稽古をつけてやるよ」

「まさかとは思っていたが、これほどとは」

「…………えっ」

どういうこと!?　なんかフィーダさんもロルナさんも合点《がてん》がいったような顔で頷いているけど、俺は何も分からないんですが!?　ていうかフィーダさん!?　剣を構えて、なんでそんな嬉しそうな笑顔してるんですかね!?　逆に不吉なんですが!?

「あの……本当にフィーダさんがお相手で？」

「なんだ、俺じゃ相手にならねぇってのか？」

「いやいやいやいや！」

そっちのわけないでしょ……！

ていうか、なんで小手《こて》調べの次にラスボスとバトルなんだよ！　どう考えてもおかしいだろ！

ていうかこの人、圧力パネぇんだが？　さっきのジョシュさんどころか、初対面で飛ばされた殺気のレベルと比べても段違いなんですがそれは。……俺、殺されないよね⁉

「……兵士長⁉　さすがに本気になられては――」

「いーからいーから」

ロルナさんが慌てて止めに入るが、フィーダさんは彼女を手で制し俺の方に向き直った。ちなみにクロは彼女の隣で『やってみるがよい』みたいなすまし顔でこちらを見物している。

このクロの俺に対する信頼は一体なんなんだ。いや嬉しいけども！

「ヒロイ殿。あんたの力量は見せてもらった。だがまあ、不安というのなら最初は俺からは手を出さんでおこう。とりあえず、打ち込んできてくれないか」

『最初は』というフレーズが不穏極まりないが、せっかく稽古をつけてくれるのだ。ここはしっかりと男を見せるべきだろう。

「……分かりました」

「思いっ切りだぞ？」

「わ、分かりました！」

まあ、確かにフィーダさんみたいに強い人ならば、俺なんかの攻撃は余裕で受け止められるということなのだろう。ここは胸を借りるつもりで、思いっきりぶつかってみるか。

「じゃあ、行きます」

「おう。いつでも来い」

言って、フィーダさんが木の大剣を構えた。さらに圧力が増す。けれども、委縮するほどではない。むしろその気迫に当てられて、こっちの気合が入ったくらいだ。

ちなみにフィーダさんの大剣は全長が2メートル近い。かなり間合いが遠く見えるが、自分の感覚では決して届かない距離ではないと感じている。

そういえば魔法少女の武器も、これよりちょっと短いくらいだったかな。うん。問題ない。

「…………ふっ！　せあっ！」

気合を吐きながら、思い切り地面を蹴る。その勢いを利用して木剣を振りかぶり――フィーダさんの大木剣に思い切り叩きつけた。

「……ぐっ⁉」

と、俺の攻撃を受け止めたフィーダさんが一瞬驚いたような顔つきになり、それからグッとこちらを睨みつけた……ような気がした。

『気がした』というのは、気が付けば宙を舞っていたからだ。

「うおおおぉぉぉっ⁉⁉」

何を言っているのか自分でも分からないが、とにかく訳が分からない。攻撃した瞬間にブワッと身体が押されるような感覚があって、次の瞬間には視界がぐるんぐるんと回転していたのだ。ていうか、なんか自分の口からこれまで聞いたことのない声が漏れている。まさか……吹っ飛ばされたのか⁉　でもどうやって⁉　魔法？　スキル？　考えている暇はない。地面が迫ってきている。どうにかしないと。

「くぬぅっ⁉」

反射的に身を捻り、奇跡的に足から着地。セ、セーーフ……！　しかし身体を安定させることに集中していたおかげで、木剣はどこかに飛んで行ってしまった。

これでは戦闘続行不可能だ。しまった……。

「や、やべぇっ……！　おいヒロイ殿、大丈夫か⁉」

「大丈夫か、ヒロイ殿！」

フィーダさんとロルナさんが真っ青な顔をして駆け寄ってくる。とりあえず無傷なのはラッキーだった。上手く着地できたのは、あらかじめ『乱戦の知識』と『剣術の心得』を取得しておいたおかげだろうか？

「こ、こちらはなんとか無事です」

2人を心配させないよう、営業スマイル（苦笑）で無事をアピール。

けれども、2人は俺を見ても険しい顔をしたままだった。

「兵士長！　ヒロイ殿は素人だぞ⁉　初手で『バッシュ』を使うなど何を考えているのだ！」

「いや、だってよ……コイツの圧力、ハンパねぇんだもんよ……いやヒロイ殿、マジですまん……‼」

なんかフィーダさんがロルナさんにえらい剣幕で怒られているぞ……。

フィーダさんはフィーダさんで、慌てて俺の前までやってくると土下座を始めた。ていうかこっちの世界も普通に土下座あるんだな……。

ちなみにクロはトコトコと俺の側までやってきて、フンフンと少しだけ匂いを嗅いでからすぐに元の場所に戻っていった。ちょこんと座ってドヤ顔をしつつ『もとより心配などしていないぞ』みたいな態度である。信頼感がすごい。まあ実際何ともないので、そのとおりなわけだが。

……と、俺のせいでこうなったんだった。さすがにフォローを入れておかなければ。

「あの、フィーダさん、顔を上げてください……！　ロルナさんも、心配していただきありがとうございます。私は特に怪我とかないので大丈夫ですよ」

「ま、マジでか？」

「ほ、本当にか？」

２人ともめちゃくちゃ心配そうな顔をしているので、なんだかこっちまで申し訳ない気持ちになってくる。

「ええ、痛みとかもないですし。このとおりです」

「そ、そうか……」

俺がさらに無事をアピールするため軽く腕を回して見せると、フィーダさんがハァァ……と深い安堵の息を吐いた。

「マジかよ……」「兵士長殿の『バッシュ』を喰らって無傷、だと……？」「あれ、本気だったよな？」「この前の戦闘でオーク兵を3体まとめてぶっとばしていたよな……」

なんか見物していた兵士の皆さんがざわついている。そんなに危険な攻撃だったのだろうか？

確かに少々ビックリはしたものの、個人的な感覚としては『いきなりぶっとばされた』以外の感想はない。痛みも怪我もないし。まあ怪我の方は、無事に着地できたからだが。

……と、そうだ。俺は思いついてステータスを開いた。

《模倣：『バッシュ』を取得可能　取得マナ：５０００》

《『バッシュ』：体内の魔力を衝撃力に変換し、触れた対象に叩き込むことができる。熟練の使い手ならば弱い魔物を爆発四散させることができる》

………………なるほど。

どうやら俺は、想像よりかなりヤバいスキルを喰らったらしい。

うん、そりゃまあ……使った方は死ぬほど焦るよな……。

それにしても、なぜフィーダさんは俺に対してこんなスキルを使ったんだろうか？

◆◇◆◇◆

「それでは、あとは私が剣術指南を担当しよう」

「お、おう。あとは頼んだぞ」

フィーダさんとの模擬戦の後。今度はロルナさんによる、ちゃんとした剣術の訓練を受けることになった。フィーダさんはもっと教えたそうにしていたけど、とぼとぼと兵士さんたちの元へと帰っていった。ロルナさんに怒られたのが相当堪《こた》えたらしい。

「ヒロイ殿、この辺りでやろうか」

「はい」

というわけで、２人で練兵場の隅っこに移動。ここならば訓練の邪魔にはならない。見物客はクロだけだ。訓練中の兵士の皆さんはフィーダさんにビシバシしごかれているせいか、俺たちに目を向ける者はいない。おかげでこっちは気楽に訓練ができる。

「では、ヒロイ殿。まずは先ほどのように木剣を構えてみせてほしい」

「こうですか？」

さっきのように構えてみた。

「うむ、やはりなかなか様になっている。特に言うべき点はないな」

「ありがとうございます」

『剣術の心得（基礎）』のおかげもあってか、ロルナさんから合格を得られた。

ちなみにさっきのジョシュさんとフィーダさんとの模擬戦では『バッシュ』という打撃（？）スキルを取得できるようになったが、『基礎』以上の剣術スキルを取得できるようにはならなかった。まあ、2人とはまともに戦ったとは言い難いのでこれは仕方ない気がする。

なので、ロルナさんから指導を受けられるのはありがたい。

「よし、では次だ」

「はい、よろしくお願いします」

剣の構えを見てもらったあとは、基礎的な剣の振り方や攻撃の受け方や捌き方、それに足運びなどを学んでいく。そのほとんどが『剣術の心得（基礎）』の範疇《はんちゅう》なので、ほぼほぼ確認作業だ。だがこうやって実際に動くことで、スキルで得た知識や身体感覚がより身体に馴染んでいく感覚があった。そういう意味では、たとえ新たなスキルを獲得できなくてもこの訓練は意味のあるものだと感じた。

ちなみにフィーダさんが使っていた『バッシュ』というスキルは早速取得しておいた。

あとで彼に聞いたところ、このスキルは通常は鍔迫《つばぜ》り合いで相手に力負けしないように使ったり（俺が喰らったのはこの用途だった）、シールドバッシュなんかで威力を高める用途で使用されるスキルらしいのだが、説明からするとどうやら素手でも発動できそうな感じだったからだ。だとすれば、そう簡単に武器を扱えない現実世界では剣術スキルよりも役に立つかもしれない、という判断だ。イメージとしては、中国拳法の『発勁《はっけい》』みたいな感じだろうか。

余談だが、フィーダさんは模擬戦で俺の剣を受けた時、圧力が強すぎて咄嗟《とっさ》に『バッシュ』で押し返そうとしてしまったらしい。思えば、確かに俺はスキルの恩恵により見た目からは想像できない力を発揮できる。そのせいで彼をビックリさせてしまった、というのが真相のようだ。力加減は、スキルの熟達よりも優先的に訓練する必要があるかもしれない……。

「む……ヒロイ殿、少しうわの空だな。さすがに疲れたか？」

と、考え事をしていたらロルナさんに見抜かれてしまった。

「い、いえ！　まだ大丈夫です。……少々、これまでの戦闘経験を振り返っていまして」

「そうか。それはとても良い心がけだが、今は剣に集中すべきだな」

「おっしゃる通りです……」

少々注意を受けてしまったが、彼女の教え方はすごく上手い。自分の動きを見せ、俺にやらせ、できたら褒める。できなければアドバイスをくれ、もう一度やらせてくれる。理想的な指導方法だ。ウチの課長に彼女の爪の垢を煎《せん》じて飲ませてやりたい。

「よし、次はもう少し動きを速くしてみようか」

「はい！」

そんな感じで剣術の指導は続いてゆく。

『…………フスッ』

しばらく訓練をしていると、時おりクロが不満げに鼻を鳴らしているのに気づいた。もしかして退屈だったのだろうか？　ご飯の時間までちょっとあるし、もう少し待っていてほしい。

「よし、今日はここまでにしておこうか」

「はい、ありがとうございました」

その後、ひととおり剣術の立ち回りを教わったところで終了となった。

やはり実際に身体を動かすと、スキルの感覚だけでは分からない立ち回りのポイントなどが身に付く気がする。もちろん所詮《しょせん》は付け焼刃だから、もっと鍛錬を繰り返す必要があるとは思うけどね。ちなみに剣術スキルの『初級』が取得できるようになったので取っておいた。

これでそれなりに立ち回れるようになったのではないだろうか。

「しかしヒロイ殿は相当に筋が良い。このまま鍛え上げれば、王国でも有数の剣士になれるかもしれないな。かつてこの国を救った勇者様のように……な」

ロルナさんが木剣を片付けながら、感心したように言う。

「ははは、ロルナさんは人をその気にさせるのが上手いですね」

お世辞を言う間柄ではないので多少は本当のことを言ってくれていると思うが、実際口にされるとくすぐったい。それにしても、ロルナさんもフィーダさんも異邦人の俺に対して本当によくしてくれていると感じる。とてもありがたいと思うと同時に、なぜそこまで……と思ってしまう。もちろん、俺が彼女や砦の危機を救ったことが理由の一つであることは間違いないだろうが。……というか、なんか気になるワードが聞こえたような気が。

「勇者……様？」

「む、ヒロイ殿は勇者様のことを知らないのか？」

俺の言葉が意外だったのか、ロルナさんがきょとんとした表情になった。

「申し訳ありません、貴国の事情にはまだ疎《うと》くて」

「そうか。ここは辺境ではあるが、黒髪黒目の風貌は珍しい。同郷だと思ったのだがな」

そのあとロルナさんはなぜか顔を赤らめ早口で『もちろんそのことと貴殿と親しくさせてもらっているのは別の話だがな！』と付け加えていたが……今は脇に置いておく。

「……同郷、ですか」

俺は彼女の言葉を反芻《はんすう》する。いろいろと気になる話だ。

「差し支えなければ、そのお話……もう少し詳しく教えていただけませんか？」

そう訊《たず》ねずにいられなかった。

◆◇◆◇◆

「……なるほど、そんなことが」

ロルナさんに聞かされた『勇者譚』はノースルイン王国では子供でも知っているお話だそうだ。といっても何百年も前のことではなく、比較的最近のことだそうだけども。

ちなみに話が長くなりそうだからと、ロルナさんが気を利かせてクロのために干し肉を持ってきてくれた。クロは俺たちの足元でご機嫌な様子で干し肉を食《は》んでいる。俺には冷えた水。身体を動かして火照《ほて》った身体にはとてもありがたい。

ちなみにこの水、井戸水などではなく砦にいる魔法使いの人が生成したものだそうだ。

この辺りは飲用に適した水源がないので、雨水を貯める以外にはこうして日々生成して蓄えているとのことだった。なので、飲んでもお腹を壊すことはない……と思う。

ロルナさんも冷水に口をつけつつ、先を続ける。

「この国は、『魔界』と国境を接している。この砦の向こう側、森の先に山脈が見えるだろう。

あそこを越えた先が『魔界』だ」

『魔界』は魔物の支配する領域のことで、多くの魔物が生息している。魔物にも知性あるものがいて、そういう連中がまとまりいくつかの国家を造り上げた。歴史的にノースルイン王国と『魔界』の魔物国家群は互いに不干渉を貫いてきたそうだが（というか、そもそも大半の魔物国家とは言語や生態が違いすぎてコミュニケーションが成立しなかったそうだ）、十数年前に突如として、とある魔物国家がこの国に侵攻を始めた。魔物たちの力は強大で、あっという間に国土の3分の1を占領され、多くの人々が家を失ったり命を落としたそうだ。

もちろん当時の王は、この事態に手をこまねいていたわけではない。魔物たちの侵攻を食い止める傍らで魔物の王……魔王を直接討伐するための策を練っていた。そして、この国の国教であるシャロク教の神官さんたちが主導して、王国に代々伝わる召喚魔法（大昔に古代遺跡で発見されたそうだ）を使い、『異郷』より『勇者』を召喚することになったのだそうだ。

で、その召喚魔法を介して王国に喚《よ》び出された人間には、神様から強力なスキルを付与される……のだそうだ。そういう魔法なのだとか。

他人である俺からすれば、完全に賭けだ。だが、これ以外に魔王討伐の可能性はないと当時の王たちは考えていた。そして、文字どおり神に縋《すが》る思いで召喚魔法が実行された。

で、結果はというと……無事（？）、1人の少年が召喚された。

彼は俺と同じ黒髪黒目を持っており、魔王討伐のために必要な力を有していた。

そして、お人よしだった彼は国王たちの願いを聞き届け、魔王討伐の旅に出かけることになった。魔王の魂を封印する力を持つ、2人の聖女と一緒に。

ちなみにその間ノースルイン王国の軍隊はどうしていたかと言えば、魔物の侵攻を食い止めるのに精いっぱいで『魔界』に攻め込む余裕は全くなかったそうだ。まあ自国の領土を防衛しつつ敵地にまとまった数の軍隊を投入するのが難しいというのは、素人の俺にも分かる。

それゆえ魔王暗殺部隊として『勇者』を送り込むのが唯一の方法だったのだろう……多分。

で、ここからが肝心なのだが……結局3人は王国に帰ってくることはなかった。

もちろん国王らは勇者が戻ってこないことを心配し、選《え》りすぐりの騎士や兵士たちを集め捜索隊を結成し『魔界』に向かわせた。けれども魔王が住んでいた城は『魔界』の奥深く。結局、誰もそこまで到達できずに捜索活動は終了したそうだ。

ただ、『勇者様一行』が魔王を討伐したことだけは確かだろう、とロルナさんは言った。

なぜかといえば、彼らが『魔界』へ旅立ってから数年後に魔物たちの侵攻がパタリと途絶えたからだ。『魔族』と呼ばれ魔物の大軍を指揮したり単体で各地に甚大な被害をもたらした強力な個体もいなくなり、王国に平和が戻った。

その後は勇者が魔王を討伐したとして、彼と2人の聖女は英雄として祭り上げられた。

王都に彫像を建てたり、魔物が来なくなった日を『魔王討伐記念日』として祝日に指定したりと、国を挙げてその偉業を祝ったそうだ。そして……その後しばらくは平和そのものだった。ここ最近、再び魔物たちの動きが活発になるまでは。

「先日の魔物の大軍も、魔王の差し向けたものだった、というわけですね」

「おそらくは、な。あの統率の取れた動きは、上に指揮するものがいることを示している。魔王以外ありえない」

「……勇者さんは、本当に魔王を討伐することができたんでしょうか？」

「今となっては……真相は誰にも分からない」

ロルナさんは難しい顔でそう言った。

「だが勇者様が魔王を討伐したと思われる時期に、その側近である『魔族』の全てが姿を消したのは確かだ。魔物ゆえ死体が残らないので討伐を確認できたわけではないが、奴らが生きていたとすれば、今、連中が魔王軍を率いていないわけがない」

「あの『オークコマンダー』は魔族ではないんですか？」

「定義が難しいが、あれは『魔族』ではないはずだ。魔族はたった1体でこの砦くらいなら攻め落とすことが可能だろうからな」

「なるほど……」

ていうか魔族、強っ！　仮に俺が今そいつらと遭遇したら、勝てるだろうか？　不意打ちの『魔眼光』ならばやれそうだが、肉弾戦だと厳しそうな気がする。まあ、すでに滅びているのなら会うこともないか。仮に出会ったとしても、絶対に全力で逃げよう。

「……騎士殿、ご休憩中失礼する」

と、話をする俺たちの元に兵士の方がやってきた。しっかりと武装しており、訓練に参加していた人ではない。どうやらかなり急いでいたらしく息が上がっている。表情もかなり硬い。

兵士さんの顔を見てロルナさんは何かを察したようで、顔つきが変わった。

「伝令兵か。……ヒロイ殿、すまないがしばらく中座させてもらう」

「いえいえ、お構いなく」

2人は練兵場からいったん離れ、何かを話していたようだ。ロルナさんはすぐに戻ってきたが、表情が険しいままだった。

「ヒロイ殿。申し訳ないが、急な用事ができてしまった。今日はこれにて失礼したいのだが」

「いえ、こちらこそ長居をしてしまいました。ロルナさんはお仕事を優先されてください」

「うむ、すまない。……ヒロイ殿はいつも城壁の外から訪ねてこられるようだが、どの集落に滞在しているのだ？　見送りの者を出そうと思うのだが」

今日はなぜかロルナさんがそんなことを提案してきた。もしかして、結構危険な情勢になってきたとか？　魔王軍の話を聞いたばかりなので、そっちの想像をしてしまう。だが、帰る先は遺跡のダンジョンなので見送りはちょっと困る。

「お気遣い、ありがとうございます。ですが、これから立ち寄る場所もありますのでお見送りは結構ですよ」

「しかし……いや、ヒロイ殿がそう言うのならば大丈夫か。いらぬ心配だった。許せ」

言って、ロルナさんが苦笑した。どうやら俺は相当な強者とみられているらしい。当の本人はいまいちその自覚がないけどな……。

「それでは、私はこれで」

「……ああ、ヒロイ殿」

と、俺が帰ろうとするとロルナさんに声をかけられた。

「もし滞在している集落が砦の西側ならば、できればそちら側に向かう街道は使わず、数日は東側にある集落で過ごすといい」

「……お気遣い、ありがとうございます。口外しませんのでご安心ください」

なるほど、そっち側でなんらかの動きがあるということか。おそらく軍事機密に関わる事情だろうに、それとなく伝えてくれたのは俺を信頼してくれている証だろう。ありがたく情報は頂戴《ちょうだい》して、現実世界に帰ることにする。

「それでは、また後日」

「ああ。またの来訪を楽しみにしているよ」

その後フィーダさんにも別れの挨拶を告げ、俺の異世界強化合宿はある程度の成果と共に終了したのだった。

◆◇◆◇◆

「なんで……こんなことに……ッ!!」

その気持ちだけが駒田ユウの胸を占領していた。まさかこんな結末になるとは。

「ミーネ……ライラ……！　こんなことなら……俺はお前たちに命じなかったのに……！」

ユウは、もう二度と動くことのない聖女たちの身体を抱きしめながら、絶叫した。

彼の滲《にじ》む視界の先には、胸に剣を突き刺されたまま横たわる魔王ブラドムーゼの巨大な躯《むくろ》が見える。巨人族の長だそうだ。さっきユウたちが倒した側近の魔族が言っていた。確かに強大で、魔王の名にふさわしい者だった。側近たちの攻撃も苛烈を極め、何度も窮地に陥った。

……もしかしたら、ユウをここまで向かわせた国王たちは自分を捨て駒にするつもりだったのかもしれない。そう確信させるのに十分なほど、魔王たちは強かった。

死闘だった。何度も諦めかけた。けれども、聖女たちに励まされ……共に戦った。

そしてついに、ユウの剣が魔王の心臓を貫いたのだ。

いずれこの魔物の王の身体もマナの粒子に分解され、この世から永遠に消え去るだろう。

魔王は死んだあと別の身体で転生できるようにその魂に転生魔法をかけていたようだが、それも対策済みだ。すなわち、聖女2人の魔力と生命力の全てを代償として発動した古代魔法――『次元牢』で魂をこの世界から切り離す。魔王の魂は転生することができず、永遠に亜空間を彷徨《さまよ》うことになる。討伐は成されたのだ。けれども。

「封印だって……!? そのためだけにミーネとライラが存在していたなんて……俺は聞いてないッ!!」

聖女たちは、旅路で生い立ちを決して明かしてくれなかった。長い街道を進む時も、魔族との死闘のあとも、宿の寝室で……2人と肌を重ねたあとでさえも。

結局彼女たちが自分たちの秘密を教えてくれたのは、魔法を発動する直前だった。きっとユウに止められるだろうと、知れば力づくでも止めるだろうと、彼女たちは分かっていたのだ。

この世界の一般的な人族は、『スキル』を一つしか保有することはできない。しかし『聖女』は複数の『スキル』を保有している。それらをいくつも重ね合わせ、さらには術者の生命力までもをマナに変換することにより古代魔法『次元牢』は完成する。

魔王討伐のためだけに、『次元牢』を放つためだけに、魔法的な強化と調整を施した改造人間。それが彼女たち『聖女』だそうだ。

「だったら……！」

それを先に知っていれば……もっと他の方法を探ることができたのに！

でも。きっと、いくら探してもそんな方法はなかったのだろう。だからこその、聖女だ。

ユウも、そのくらいは分かる。それに、今さら嘆いても遅い。２人の命は使い果たされ、『次元牢』は発動し、魔王の魂は亜空間へと切り離された後なのだから。

「――――――――ツッツッ！！！！」

しばらくユウの慟哭《どうこく》が魔王城の大広間に響き渡っていたが……日が落ちる頃には、それも止んでいた。主のない玉座にもたれたまま、彼は表情が抜け落ちた顔で周囲を見渡す。

そして、ふと思った。ミーネとライラの魂は、どこへ行ったのだろうか……と。

魔法『次元牢』は聖女の魔力と生命力を全て使い果たすことで発動する。

しかしながら、魔力や生命力と魂はまた別の概念だと以前ミーネが語っていたことを、ユウは思い出した。ならば……２人の魂はどこへ？　そして……思いついてしまった。

「魂は流転《るてん》する……んだったっけ」

これも、以前ミーネが語っていた。流転……つまり、魂はいずれ誰かの身体に宿ることになる。もちろん記憶や人格がそのままではない、とも言っていたが……輪廻《りんね》、という言葉はユウも知っている。現実世界でも存在する概念だ。そして……思い至る。

「もしかして、２人はどこかの誰かに転生している……？」

ユウの虚ろな目にわずかな光が灯った。

「はは……なんだ、そうか……そういうことなのか……！」

彼はゆっくりと立ち上がった。それからミーネとライラの亡骸《なきがら》を王座の近くに整然と横たえ、静かに見下ろす。決意に満ちた目で。

「ミーネ、ライラ。待っててくれ。俺はきっと……必ず君たちを取り戻してみせる。それまでは……そのままでいてくれ」

言って、ユウは虚空に手を差し出した。手の先に、扉のような真っ黒な空間が出現する。

「大丈夫。君たちの身体は、俺が君たちを取り戻すまで、ずっと綺麗なままだから」

彼は彼女たちにも、王たちにも誰にも言っていない、もう一つのスキルを持っていた。

「……この空間に収納したものの時間は停止する。狩った獣や殺した直後の魔族を入れて確認済みだ。安心しなよ」

彼は慈《いつく》しむように……スキル『アイテムボックス』へと、聖女たちの亡骸を収納した。

「さあ、これからが正念場《しょうねんば》だ。忙しくなるぞ」

ユウはしばらく俯いていたが、やがて顔を上げた。それからパンパンと自分の頬を張った。決意に満ちた表情だった。

「魔王が使うはずだった転生魔法は、たしか『次元牢』と同じ古代魔法だったっけ。ならばまずは古代魔法そのものの理解が必要だな。魔界にある古代遺跡系ダンジョンを巡って古文書を集めよう。それと、俺のいた世界にミーネとライラが転生しているかもしれないな。探すためには向こうに転移する方法を探さないと。転移できるかは先に魔物で実験した方がいいかな？それと王国には聖女の『製法』を知っている奴がいるはずだよな。そいつを連れてこないとダメだ。万が一の場合は、ミーネとライラの『器』が必要になるかもだし。その時に国王と大司教は絶対に殺そう。でも俺だけで押し入ったら、さすがに返り討ちにあうかもしれない。ミーネとライラを使い捨てにするような奴らだしな。やっぱ魔族たちの力を借りなければ無理か。まあ生き残った連中は俺の力を知っている。支配は簡単だ。反抗するようなら見せしめに何体か殺せば言うことを聞いてくれるだろうし。さあ行動だ！」

全てが決まったあと、ユウは宮殿の外を見た。夕日が魔界の地平線へと完全に沈み、淡い蒼《あお》と微《かす》かな赤の残光が空を照らしている。しかしそれもやがて消えた。夜が宮殿の広間を覆い尽くしてゆく。ユウの瞳と同じ、闇色に。のちの世の者は、かつて勇者だった彼をこう記した。

――『魔王』と。

◆◇◆◇◆

「転移魔法を使用した痕跡があったというのは、ここか」

「はっ」

レーネ・ロルナは伝令兵の案内で魔界の境界にほど近い、『大森林』の湖のほとりまで来ていた。この湖は遠浅の浜が続いており、季節や気候の変動により水位が上下する関係で高い木が生えない。今は季節柄水位が下がっており、騎馬訓練すら可能なほど広々とした砂地が広がっていた。おまけに砦からも遠く、森の木々が視界を遮っているので大軍を待機させてもバレにくい。魔王軍が作戦行動の前段階として大勢の兵を待機させるにはもってこいの場所だ。そして実際、先日の砦襲撃の際もここが大規模転移魔法の中継地点として使用されたことが分かっている。もちろん再使用の可能性を考慮し、レーネのいる砦や他の砦から兵を出して昼夜監視に当たらせているのだが……。

「足跡も何もないぞ。本当にここで転移魔法が使用されたのか？」

「間違いありません。昨日の朝、魔物の大軍がこの場所に出現したとの報告が監視兵より上がっております。その中には『魔族』と思われる強力な個体も数体確認されていたそうです」

「だが……だとしたら、その魔物や魔族はどこに行ったのだ？　すでにこの場所にいないということは、どこかに転移したということだろう」

「申し訳ありませんが、そこまでは……」

「……ふむ」

レーネたちのいる砦よりも内側は、監視の目が厳しい。街や村に衛兵がいるし、街道は商人や冒険者たちが活発に行き交っているからだ。魔物の大軍など、どこかに出現すればすぐに分かる。だが……そんな報告は、いまだどこからも上がってきていない。

魔法で転移可能な距離を鑑《かんが》みれば、少なくとも昨日の夜の時点で周辺の街などから救援あるいは兵の派遣要請があってもおかしくはなかった。だがそれもない。それどころか、今朝はその街から出入りの商人たちが忙しそうに物資を運んできたのを確認しているのだ。

「一体、魔物たちはどこへ転移したのだ……？」

レーネは難しい顔で、しばらく湖を眺めていた。

第5章　社畜、自分が何者であるかを再定義する

異世界から帰還した翌日は月曜日。つまりはお仕事が始まる。楽しかった時間（土日）は終わり、お前も自分の人生に向き合う時なのだ……というミームに反逆するためには、相応の覚悟と痛みを伴う。つまりは有休申請である。俺の胃はキリキリと悲鳴を上げていた。

有体に言えば、弊社の社風は世間一般で言う『体育会系』というカテゴリに分類される。社員は汗水たらして働いてナンボ、有給なんぞ冠婚葬祭と病気の時に取っておけ、というのが全社一貫した風潮である。つまり弊社における有休取得は大変ハードルの高いミッションなのである。もちろん、俺もいい大人なので『親や親族を殺す』ことはできない。というか以前それをやってバレた奴が懲戒を喰らっていたのを見ている。だからやるつもりはない。ではどうするか、という話だが。

「課長、有給申請書を書いてきました。ご確認のほどよろしくお願いいたします」

昼食後の課長の機嫌が最も良さそうなタイミングを見計らい、サッと書類を出した。

まあ人間、正直が一番である。今は自分の仕事も落ち着いている。時期的に繁忙期というわけでもない。それに業務の効率化を進めた結果、残業もかなり少なくなった。そのまま通る可

能性は、いまだかつてないほど高まっている。

「あ？　病気でも葬式でもないのに認めるわけないだろーが。却下だ却下」

即却下された。まあ、知ってましたよ。こうなるって。だが、今回ばかりはここで引き下がるわけにはいかない。

「そこをなんとか！」

「お前な……この前、佐藤が辞めたばっかりだろ。そんな中で2日も休みをやれるわけがないだろうが」

課長が書類をチラッと見てから、ため息交じりでそう言った。

佐藤、というのは俺が以前客先で起きていたトラブルを解決した案件の前任者だ。どうやらいろいろあって取引先と会社の板挟みになって参ってしまったらしく、ストレスで体調を崩したまま休職からの退職、という最悪の結末を迎えてしまったのだ。とはいえ元から優しく繊細なタイプだったせいか客先からの評判もけっして悪くなく、不運が重なった結果こうなってしまった、としか言いようがない。

だから、俺も同情こそすれ彼を責めるつもりはない。などと物思いにふけっていたら。

「と言いたいんだが……まあよかろう」

「………えっ、いいんですか？」

まさかの逆転ＯＫが出た。無慈悲な却下は課長なりの前振りだったようだ。そういう冗談は心臓に悪いからやめてほしい。それにしても……正直、『あぁ？　ふざけたこと言ってないで仕事しろ！』とか一喝されるのを覚悟してきたんだが、どんな風の吹き回しだろうか。何か心境の変化でもあったのだろうか？　行きつけのキャバクラでお気に入りの嬢との仲が進展したとか？　などと思ったのだが、何か様子がおかしい。課長はしばらく腕組みをしていたが、重々しい口調でこう言った。

「申請があった以上、受理せねばならん」

「あ、ありがとうございます……？」

気になる発言だ。『受理せねばならん』というのは、どういう意味だろうか？

と、課長も俺の表情で心境を察したようだ。

「まあ、お前らはまだ知らんか。ついさっき課長以上の役職宛に新社長から直々メールが届いてな。親会社の買収があって、急遽トップが交代したそうだ。社員用には明日の朝イチに詳細が上がるそうだから、その時にでもイントラを確認しておけ」

「はあ」

これまた急な話だ。もっともこの手の話は秘密裏に進めるだろうから、俺たちがいきなり知らされるのは当然といえば当然なのだろうが……。課長が続ける。

「それに伴い労働環境向上とコンプライアンス強化のお達しが出ている。端的に言えば、お前が有給取得を申請してきた場合、いかなる理由でも受理しなければならなくなった」

「なるほど」

よく分からんが……とりあえず俺の有休は確定したらしい。どこの会社がウチの親会社を買収したのかはあとで確認するとして、どうやら多少はホワイト化が進むようでちょっと嬉しい。とはいえ、今後、俺の待遇がどうなるのかはまだ未知数だ。ただでさえ少ない給料が減ったりしないといいのだが……まあ、今は無事有給を取得できたことを喜ぶべきだろう。

◆◇◆◇◆

「……何か変だな」

どうにか月曜日を乗り切り、自宅へと向かう途中のことだった。魔法少女に出くわさないよう、住宅街に入ったところで『隠密』を使用して帰路を急いでいたのだが……そこで違和感に気づく。今日に限って、この路地に入ってから通行人に全く出くわさないのだ。もっと言えば、民家に灯りはついているものの物音は聞こえてこず、人の気配も全くなかった。もしかしてこれ……あの魔法少女が連れていたマスコットの結界か？　そう訝しんだ直後。

『ギギッ！』

聞き覚えのある鳴き声が、曲がり角の先から聞こえた。すぐにパタパタッ、とアスファルトを踏みしめる音がして、子供ほどの背丈の影が３つほど、俺の前に躍り出た。

街灯の光がそいつらの正体を露《あら》わにする。緑色の肌に下っ腹が膨らんだ醜悪な体型。凶悪そうな顔つき。手には鉈や棍棒を持っている。俺はコイツらを知っている。

「……なんでゴブリン兵がこっちにいるんだよ」

『ギギッ!!』『ギャギャッ!!』

３体は奇声を発しながら路地を徘徊《はいかい》しているものの、『隠密』を発動したまま道の端に立つ俺には全く気づいていない。となれば、このままやり過ごしてもいいんだが……万が一、通行人が逃げ遅れていたら大変なことになる。……仕方ない、排除しておくか。

ということで、一番近くにいる個体の『弱点』へ『魔眼光』を放つ。

――キンッ！『ギッ――』

胸元を稲妻めいた閃光で貫かれ、ゴブリン兵はあっけなく消滅した。

おお……やっぱこのスキルは強いな。まあ、元々がドラゴンを瞬殺する威力だからな。ゴブリン兵程度ならこのとおりだ。

『ギッ!?』『ギギッ！　ギギィッ!!』

おっと、さすがに攻撃するとその気配で気づかれてしまうようだ。残りの2体が俺に向かって、半狂乱で武器を振り回し襲いかかってくるが――

「遅い」

俺は姿勢を低くして素早く前に踏み込むと、ゴブリン兵の攻撃を躱しつつ奴らの背後へと回り込んだ。それから次々と2体のゴブリン兵の背中に触れ『バッシュ』を発動させる。

――ボシュッ、ボシュッ！　『『ギ――』』

短い断末魔と共にゴブリン兵たちが跡形もなく消し飛んだ。

周囲に静けさが戻る。

「やっぱヤバいスキルだ……」

自分のしたことながら、ドン引きな声が出た。ひとまず『バッシュ』でぶっ飛ばして『魔眼光』の時間を稼ぐつもりだったんだが、まさか瞬殺とは。もしかしてフィーダさんとの模擬戦の時に、俺が弱かったらこうなっていたのだろうか。考えたらちょっと背筋がゾッとした。まあ、そもそも弱ければこんなスキルを使われることはなかったわけだが。

「……ふう」

それはさておき、これにて討伐完了である。どうやら異世界での修行の成果がしっかり出ているようで安堵する。これならまた魔物が現れても、十分対処できるだろう。

「……っと、早く帰らないと」

なぜこっちに異世界の魔物が現れているのか分からないが、クロの様子も心配だ。俺は自宅へ急いで戻るべく、路地を駆けだした。

「クロ！」

『……！』

自宅へ戻り、急いで扉を開く。クロは玄関のすぐ内側で待っていた。そわそわしていて、俺の帰りを心配していたように見える。

「ごめん、心配かけたな。とりあえず外に出よう」

急いでスーツから私服に着替え、冷凍庫にあったクロ用のご飯や鍋用カセットコンロなどの調理器具をリュックに詰め込んでから外に出た。さすがにこの状況で部屋に立てこもるのは危険に思えたからだ。玄関の扉はともかくとして、仮に窓の雨戸を閉めていたとしてもベランダに侵入されて鉈やら棍棒なんかでぶっ叩かれれば簡単に突破されてしまうからな。攻め込まれて部屋をメチャクチャに荒らされるのは御免だ。

そもそも、俺には立てこもるメリットが全くない。ここまで帰ってくる途中に、先ほどのゴブリン兵以外にも何度か魔物に出くわしたが、どいつも俺の敵ではなかったからな。それならば、外に出て襲ってくる魔物を片っ端から倒していった方が早いし被害が少ないだろう。

あとは、こちらの勝利条件だが……何をすればいいのだろうか。間違いないのは、魔物たちの殲滅だが。次点で、この魔物たちを指揮している奴を倒すことだろうか。

それ以外だと、この『遮音結界』を張っていると思しき魔法少女たちが魔物たちを全部片づけるまで『隠密』を使いどこかに隠れていることだが……それをする気はない。

というか、魔物を倒せるのにわざわざ隠れる意味がない。あいつらマナの塊だし。

せっかくの機会なので、ここでできるだけ狩りまくって俺のレベルアップの糧《かて》としたいところだ。問題は、魔法少女との遭遇だが……これはもうどうしようもない。

まあ、俺もかなり強くなっているし出たとこ勝負だ。ただ、積極的に連中と事を構える気はない。特にマスコットはなんらかの組織に属しているというか上位存在がいるっぽいからな。

連中の正体が不明な以上、今はなるべく敵に回したくない。ということで、以下方針。

一つ、マナゲットのためにも、魔物は積極的に狩っていく。

二つ、魔法少女とマスコットには極力手を出さない方向で。ただし向こうからケンカを売られたのなら、その限りではない。

こんな感じだろうか？　そうと決まれば、早速行動だ。俺はクロを連れて外に出た。

しっかり魔物と戦うならば、できるだけ見通しが利いて広々とした場所がいい。となると……少し先にある公園に向かうべきか。……などと考えていたら。

『ブルルッ』

「……早速お出ましか」

道を少し進んだところで今度はオーク兵に出くわした。どうやら単独行動らしい。見た目は大柄で凶悪そうだが、コイツも実はたいしたことがないと分かっている。

「早速マナゲット！」

『ブルルァッ!!』

オーク兵が吼え、手に持った戦斧を振り下ろしてくる。半歩ほど身体をずらし回避。遅い。鈍重にもほどがある。そのまま懐に潜り込み、オーク兵のでっぷりした腹に手を触れ『バッシュ』を発動。

——ドシュッ!!　オーク兵の巨体が一瞬で消し飛んだ。ダメなら『魔眼光』を使うつもりだったが、その必要はなかったようだ。

「……俺にとっては、コイツも『弱い魔物』なんだよなぁ。いや、なっちまった……のかな」

『………』

しみじみと手を見つめていると、こちらを眺めるクロの姿が目に入った。ちょっと誇らしげな様子で『主よ、とうぜんだろう？』と言っているように見える。……この信頼感よ。

とはいえ、ここでクロをひたすら愛でているわけにはいかない。どうやら魔物はかなり多数で、しかもここら近所一帯に出現しているらしい。こうしている間にもあちこちで連中の鳴き声や唸り声が聞こえてくる。少し遠くでは、ドン、ドンと大きな音が聞こえたり、足元から地響きが伝わってきた。魔法少女が戦っているのだろうか？　というかこの状況……普通の人は大丈夫なのか？　さっきの轟音《ごうおん》とか明らかに家屋か何かが倒壊した音だったぞ。

「と、そうだ」

隣に住むおばあさんのことを思い出す。あの人、独り身だったよな……高齢のご婦人とか、ゴブリン兵に襲われたらひとたまりもない。できれば安全な場所に避難させておきたかった。もちろん他のご近所さんの安否が気にならないわけではない。だが、まずは顔見知りだ。いったん自宅のある階まで戻って、隣のインターホンを押す。返事はない。

「こんばんはー！」

大声でドンドンと扉を叩く。やはり返事はない。もしかして外出中だろうか？　それにしては換気扇は動いているし、中からは魚の煮つけらしき美味しそうな香りが漂ってきている。人の気配がしないのは、気のせいだろうか？　いや、しかし……。

と、そこで思い出す。お隣さんは昔の人だからか、自分が起きている間に扉に鍵をかける習慣がない。以前立ち話に付き合った時に、不用心だから鍵はかけるべきだと諭《さと》したのだが……。

『亡くなった夫がふらっと帰ってきた時に、鍵がかかっていたら困るでしょ？』と言われて困った覚えがあった。ならば……今だって。

「すいません、お邪魔します」

扉の向こう側へ声をかけてから、俺はダメ元でドアのノブを捻ってみた。カチャリ、と音がして扉が開いた。やはり鍵はかかっていない。

「高田さん、いますかー？」

扉を少し開き、中を覗き込む。しかし、おばあさん……高田さんが出てくる気配はない。

「……お邪魔します」

俺は玄関に入ると廊下の先を見た。このアパートは玄関の先に廊下があり、その先のリビングと簡易的なダイニングがある構造だ。

結論から言えば、リビングにもダイニングにも高田さんの姿はなかった。それどころか、トイレや風呂場まで探したものの本人はおろか人がいた形跡すらない。ただ、ダイニングのコンロでは、魚の煮つけが入った鍋が作りかけのままホカホカと湯気《ゆげ》を上げているだけだ。

「……なんだこれ」

まるで神隠しだ。たしかにこの結界の中では、人の気配や物音が一切聞こえなくなっていたが……まさか人ごと消えていたとは。ていうかこの状況、事態が終息したら戻るんだよな？

頼むぜ、魔法少女とマスコットの皆さん!?　とはいえ、これなら俺も好き勝手暴れてもあとで文句は言われなさそうだ。それにこの状況で人的被害の生じる可能性がほぼなくなったことについては、ちょっとホッとしている。うん、前向きに考えよう。

「よし、クロ。公園に向かおう」

『…………！』

俺たちはアパートを出ると、当初の予定どおり近所の公園に向かうことにしたのだった。

◆◇◆◇◆

夜の街を風のように駆け抜けながら、マキナは傍らを飛ぶルーチェに悪態を吐いた。

「うっさい！　もう一度その話題を出したら、この場でぺちゃんこにするから！」

『ご、ごめんッチュ……でも、ミラクルマキナの裸は見てないから大丈夫ッチュ！』

「もう！　なんなのよこれは！　ホント最悪！」

珍しく、夜になっても妖魔出現の報が入ってこなかった。そのせいで早めにお風呂に入ったのが仇になった。のんびり湯船につかり気持ちよく鼻歌を歌っていたところにルーチェがポン！と目の前に現れたのだ。その場で変身してぺちゃんこにしてやろうかと思った。

とはいえ彼の慌てふためく様子からただ事ではないと判断し、とりあえず怒りを抑えて話を聞いたのだが……案の定、最悪の一言だった。

いわく、先日『擬態型』を見つけたエリアで大量の『異形型』が出現した。その数、確認できているだけでも数千体。しかも中にはルーチェの『大書庫《アーカイブ》』に記録がないものも複数種、混じっているという。急遽、該当エリアを担当している魔法少女とマスコットが周囲を『遮音結界』で封鎖したのだが……それでもマスコットの魔力には限度がある。せいぜい結界を維持できるのは3時間程度。その間に未確認種を含む全ての妖魔を殲滅しなければ大惨事は確定だ。そうなれば、その被害の分だけマキナが獲得できる『ポイント』が減ってしまう。

絶対にそれだけは避けなければならなかった。

「なんでこんなことになってるのよ……」

『ボクらも突然のことでビックリしてるッチュ。でも、とにかく妖魔を退治しないことには始まらないッチュ。湧き出すポイントも複数個所あるみたいだから、とりあえず受け持ちのエリアまでナビするッチュ』

「はいはい。まったく、これが終わったらまたお風呂入り直さないと……そこっ！」

文句を言いつつも、マキナの瞳は夜闇で蠢く妖魔たちを見逃さない。ビルや民家の屋根伝いに移動していると、細い路地をうろついている小柄な影が見えた。

「『小鬼型』だっ！　数は……5体か。このくらい、楽勝っ！」

群れが気づかないうちに真上から急降下。落下の重量と勢いを乗せて、一気に巨大な戦槌《ウォーハンマー》『ガベル』を叩き込む。

──ズガン！　マキナの繰り出した打撃の衝撃に耐えきれず、アスファルトがクレーター状に陥没。当然、その真っただ中にいた妖魔たちはぺしゃんこの挽肉と化す。ややあって、潰された妖魔たちが淡い光の粒子と化して霧散した。今やこの場に妖魔が存在した証拠は、『ガベル』にこびりついた紫色の体液だけだ。

「いつも思うんだけど、この体液だけ消滅しない仕様、どうにかならないの？」

『そんなこと言われてもッチュね……魔法少女の武器はどんな近接武装でも魔力で構成されているッチュから、それで妖魔の体組織と一時的な魔力結合反応を起こして消滅するのに時間がかかってるっぽいッチュ。魔法物理の基礎中の基礎だからどうしようもないッチュ』

「うえ……この汚い体液と武器が一瞬でも結合してるなんて知りたくなかったわね……というか、今さっきクイッて直した黒縁眼鏡、どこから出したの？」

『魔法的に小粋な演出ってやつッチュ』

「まあ別にいいけど……」

そんなことよりも妖魔たちだ。どうやら他の魔法少女たちも戦闘を始めたらしく、あちこちから衝撃音や地響きが聞こえてくる。マキナとしても、こんなポイント大量獲得チャンスを逃すつもりはない。

「……あっち！　他の子に取られる前に動かないとっ！」

彼女は小さく叫ぶと、思い切り地面を蹴って夜空に跳躍した。


『ブルルァッ!!』

「そんなの当たらないんだからっ！　これで……95体目っ！」

マキナの1・5倍はあろうかという体格差にものをいわせ掴みかかってきた馬頭の妖魔の攻撃を紙一重で躱し、両手でしっかり握り込んだ『ガベル』を妖魔目がけてフルスイング。

――ぱんっ！　まるでスイカのように妖魔の上半身が弾けた。直後、ズズン……と馬頭妖魔の下半身が道路に倒れ込み、光の粒子と化して消滅。

「はあ、はあ……っ、今のは結構強かった、かな」

『すごいッチュ！　さっきのはランクC＋の『馬頭型《めず》』ッチュ！　大金星ッチュ！』

「だいきん……なに？　それマスコット界のスラング？」

ルーチェはたまにマキナには分からない用語を使う。

『ッヂュ……若者用に翻訳すると『めっちゃスゴい』ってことッチュ！　ええと……ポイントは600の2割増しだから、720ッチュね』

「やりぃっ！」

思わずその場で小さくジャンプするマキナ。街灯の明かりに照らされて、ピンク色のツインテールがキラキラときらめいた。今回獲得したポイントは、これで１０００P超。いつもの10倍以上の大豊漁状態である。マキナの顔はさっきから緩みっぱなしだ。

「うひひ……これで新しい強化パーツに手が届くわね……ねえルーチェ、次に強化するなら何がいいと思う？　個人的には槌部分にジェット加速装置を装着して威力を高めたいんだけど」

『そうッチュね……ミラクルマキナはガチンコ格闘スタイルッチュから、ボク的にはパッシブ系の防御用魔力シールド一択だと思うッチュけどねぇ』

「えー？　そんなの当たらなければ要らないでしょ？　さっきの『馬頭型』の攻撃だって、ちゃんと躱せてたし……それより、ルーチェ」

何かに気づいた彼女の顔が、真剣な表情になる。視線は、道の先を睨みつけていた。

『……分かってるッチュ。その路地の先……公園の中に妖魔がいるッチュ』

「了解。とりあえずどんどんぶっ倒すわよ！」

『あっ、待ってッチュ！』

『ガベル』を肩に担《かつ》ぎ、疾風のごとく駆け出すマキナ。広々とした公園の真ん中には豚頭《ぶたあたま》の妖魔が佇んでいた。ぶくぶくと太り、肌はイボだらけ。体躯は縦も横もマキナの倍以上はある。

さっきの『馬頭型』とは比べ物にならないほどの大きさだ。とはいえ、どうやら他の魔法少女から懸命に逃げてきたらしく、大量の汗が身体に浮かび上がりそれらが蒸発して湯気を発している。豚の頭も相まって、マキナにとっては生理的嫌悪感を強烈に掻き立てる容姿だった。

「うっわ、キモッ……！　こんなキモい妖魔、初めて見るんだけど」

マキナは顔をしかめた。豚頭の妖魔は、武器を持っていない。身に着けているのは、ゴテゴテと派手な装飾のあしらわれた腰巻だけだ。醜悪な見た目とは真逆の無駄に煌《きら》びやかな装備。分不相応。姿勢も俯《うつむ》きがちだし、鈍重で弱そう。それが、目の前の妖魔に対する第一印象だった。それはさておいても、あのブヨブヨの手足や身体で自分に触れられたらと思うと……それだけで、精神に猛烈なダメージを受けそうな気がする。さっさと倒そう。

『ミラクルマキナ、コイツは未確認種ッチュ！　今、他の魔法少女からの情報提供がないか『上』に照会中ッチュ。戦闘開始はちょっと待つッチュ！』

「はあ？　その間に逃げられたらどうするのよ！　だいたい見てよ、あのブクブクの身体。あんな奴の攻撃、絶対当たらないわよ」

『そうかもしれないッチュけど……未知の妖魔なのは間違いないッチュ。油断は禁物ッチュ』

「分かってるわよ！　じゃあ、ちゃっちゃと片付けるわよ！」

『あっ！　ちょっと待つッチュ！』

慌てるルーチェを置いてけぼりにして、マキナは1人公園の真ん中に躍り出る。

『………』

ジロリ、と豚頭の視線がマキナに向く。敵と認識したのか、豚頭はフゴッと熱い息を吐き出した。

「大人しく私のポイントになりなさい？　……せあっ！」

先手必勝。マキナは渾身の力で、豚頭の頭部目がけて『ガベル』を横から叩きつけた。

だが。

「えっ」

手応えがない。……空振った？　うそっ⁉　と思う暇もなく、鳩尾《みぞおち》に猛烈な衝撃。

「かはっ⁉」

腹から絞り出されたうめき声と共に、マキナの身体がくの字に折れ曲がり、そのまま宙を舞う。勢いを殺しきれず、彼女は10メートルほど先にあるブロック塀に叩きつけられた。

――大破し、炎上する車両が見えた。周囲は火の海だ。全身が痛い。身体が動かない。かすむ視界の先で、2、3の小柄な影が何かを貪っているのが見えた。その『何か』が自分の両親だと気づいたとき、マキナは絶叫した。

どうやら一瞬気絶していたようだ。

「がはっ……！」

呼吸ができない。チカチカと目の前に星が舞っている。おそらく、視認できないほどの速度による鳩尾への打突。痛みと呼吸苦、そして公園の真ん中で豚頭がこちらに拳を突き出している。そこでようやく、マキナは相手から攻撃を受け吹き飛ばされたことを自覚した。

とはいえ魔法少女衣装の魔導防御機構は正常に機能していたようで、骨や内臓に損傷はなさそうだ。動けなくはない。だが、ダメージが大きすぎる。『ガベル』を支えにどうにか立とうとするが、膝が笑いぐらついてしまう。こんな強烈な攻撃を喰らったのは初めてだった。

「ぐっ……、このっ……！」

『ほう、さすがにこの程度では堪えぬか』

声の主は豚頭だ。追撃は仕掛けてこず、ブフッと鼻息を大きく吐き出した。

『名乗りも上げずに攻撃を仕掛けてくるなど、武人の風上にもおけぬ。年端も行かぬ女子《おなご》であろうと、礼儀を知らぬ者にかける情けなどないと知れ』

「異形型が……喋った？」

マキナは耳を疑った。『寄生型』や『擬態型』が言葉を話すことはある。それは人間に取り憑《つ》いたり、他の犠牲者をおびき寄せるために声真似をするからだ。それ以外では、まだマキナは戦ったことがないが『怪人』と呼ばれる強力な人型妖魔は高度な知性を宿し、人語を解するという。だが『異形型』がこれまで人語を喋ったことは一度たりともない。ましてや意味の通じる言葉を喋るなど……ありえないはずだ。

『ふむ……やはり言語は通じるのか。……確かにこの世界は魔王様の故郷であるようだ』

「まお、う……？」

聞き慣れない単語が豚頭の口から飛び出てきた。魔王って、あのゲームとかの魔王？　意味分かんないんだけど……？

『ミラクルマキナ！　大丈夫ッチュか!?』

「……なんとか」

と、そこにルーチェがようやく追いついてきた。

『あの妖魔……今ようやく『上』から回答が来たッチュ！　で、そのことなんチュけど……』

「なによ、ハッキリ言いなさい！」

アワアワと狼狽《うろた》えながらマキナの周囲を飛び回るルーチェを怒鳴りつける。

『ッチュ、あの妖魔……ここに来るまでに魔法少女を3人も戦闘不能《オシャカ》にしてるらしいッチュ。……そこから算定された暫定《ざんてい》ランクは『A＋＋』ッチュ。ヤバいッチュ』

「え、A＋＋……ですって⁉　怪人レベルじゃないの！」

仮に目の前の豚頭が怪人ならば、たった1体でも熟練の魔法少女が5人で戦って勝てるかどうか、という相手だ。当然、新人に毛が生えた程度のマキナでは相手にすらならない。

そんな奴が、こんな適当な場所をうろついているなんて……。

「ありえない……」

『申し遅れたな、童《わっぱ》。吾輩《わがはい》はハイオーク、『轟拳《ごうけん》』のオルダリ。新生魔王軍、魔王様直属『魔族連合』の末席を汚す者。貴様は吾輩の一撃を受けても立ち上がるだけの気骨があるようだ。ならば……いざ尋常に勝負』

言って……豚頭の姿が消えた。次の瞬間、側頭部に衝撃。

「がっ⁉」

視界がもみくちゃになる。強烈な浮遊感。

何が起きたのか分からないうちに全身が何かに衝突。激痛。

「ぐっ……がはっ」

また、一瞬意識が飛んでいたらしい。カラカラと周囲で何かが崩れ落ちる音がして、自分が半壊した民家の中にいることに気づいた。状況から推察するに、側頭部に蹴りを叩き込まれたようだ。凄まじい脚力だ。民家があるのは、あいつのいた場所から数十メートルは離れているはずなのに。

「なっ……なんなの、あの豚頭……！」

『ミラクルマキナ！　大丈夫ッチュ⁉』

半壊した民家からどうにか這い出したところで、ルーチェが飛んでこようとしているのが見えた。と、豚頭がゆらりと動く。その視線は、ルーチェに向いていた。

まずい。マキナの胸に、強烈に嫌な予感が込み上げる。

『勝負の邪魔だ、使い魔』

「ルーチェ、危――」

『ヂュッ』

――パンッ。こちらに向かって飛んで来ようとしたルーチェの身体が『弾けた』。

豚頭……『轟拳』のオルダリが彼に追いつき、裏拳で叩き潰したのだ。

「ルー……チェ？」

彼の残骸が魔力の粒子となって虚空に溶け消えてゆくのを、マキナはただ呆然と見ていることしかできなかった。あまりの状況に、理解が追いつかない。そして、さらにマキナに最悪の事態が襲いかかる。

「……寒っ⁉」

急に冬の夜の冷気が身に染みてきて、マキナは両手で自分の身体を抱きしめた。そこで自分が、風呂上がりに羽織ったパジャマに戻っていることに気づく。魔法少女衣装が解けている。

「……ひっ⁉　なん……でっ……⁉」

思わず喉が鳴った。ルーチェを始めとするマスコットは魔法生物の一種だ。本体は別の場所にあり、いまマキナと行動を共にしているのは『義体《アバター》』だということくらいは彼女も知っている。だが、その『義体《アバター》』が消滅したことで自分の力まで消滅するなんて。

「そん、な……こんなの、聞いてない……っ！」

ただでさえ勝ち目がないのに、力が完全に失われている。生身の身体では絶対に妖魔に抗うことなんて不可能だ。それはマキナが魔法少女になる『きっかけ』から、骨身に染みている。

「や……だ……」

全身に、恐怖が満ちていくのを感じる。自分の結末を想像してしまえば、もはや立っていることは不可能だった。過去の惨劇が彼女の脳裏に鮮明に蘇ってゆく。両親を妖魔に食い殺され、そして自分も致命傷を負った、あの時の記憶が。マキナはその場にぺたんとへたりこんだ。下半身がほのかに温かくなるが、自分では止めることができなかった。

『ゴフッ……ブルルッ……』

豚頭が、鼻を鳴らしながらゆっくりと近づいてくる。

「ひっ……！」

恐ろしくてたまらない。だけど腰が抜けて立ち上がれない。今まで抱いていた、胸が震えるほどの勇気も妖魔に対する猛烈な怒りも、きっと魔法少女の力と一緒にどこかに行ってしまったのだ。マキナは妖魔から少しでも遠くに逃れようと、公園の冷たい地面を這いずってゆく。

「誰かっ、助けてッ……！」

と、涙声で叫ぶ彼女の前に豚頭が立ちふさがった。これでは逃げることができない。

「ひいっ……こ、来ないでよぉっ！」

『……興覚めだ』

泣き叫ぶマキナを見下しながら、豚頭がつまらなさそうに息を吐いた。

『もう少し気骨があるかと思ったのだが……貴様も所詮、魔法の鎧に身を守られて調子に乗っているだけの小娘であったか』

言って、豚頭は拳を振り上げた。

『放っておけば、その辺をうろつくゴブリン兵どもの慰み者にされたあと八つ裂きにされるだろう。だが……結果はどうあれ吾輩と拳を交えた者。尊厳を踏みにじられるその前に、せめて楽にしてやろう』

「あ……」

マキナはその様子をただ見ていることしかできなかった。豚頭が大きく拳を掲げ、そして振り下ろし――しかしマキナの頭を砕くその直前で、その手が止まった。

『何奴ッ⁉』

豚頭が鋭い声を発する。なぜか自分ではなく、別のどこかを見ているようだ。

『隠形《おんぎょう》とは卑怯《ひきょう》なッ！　貴様も武人の端くれなら堂々と名を名乗――けぴっ⁉』

豚頭は慌てたように横に向き直り――

――バシュッ。奇妙な断末魔と共に、その巨躯がまるで風船のように破裂した。

あとに残されたのは、淡い光の粒子だけだ。

「――――、――――っ！」

気づけば、誰かが自分を支えて何かを叫んでいるのが分かった。けれども彼女の精神も体力もすでに限界を迎えていた。それゆえ彼女はまるで水中から外を見るように、おぼろげにしか世界を捉えることができない。それすらも、徐々に淡く曖昧になってゆく。薄れゆく意識の中。

ふわりと温かい布を身体にかけられ、誰かに抱きかかえられる感触があった。

（お父さん――）

マキナは不思議な安堵感に包まれながら、その意識を手放した。

◆◇◆◇◆

……間一髪だった。

まさかこの『結界』の中に一般人が迷い込んでいるとは思わないだろ。公園前の道路で女の子が魔物に襲われていたのを見た時はマジで焦ったぞ……。

とはいえ不幸中の幸いと言うべきか、敵は比較的雑魚寄りのオークだったようだ。

これが仮にドラゴンとかだったら、絶対に間に合わなかった。危ない危ない……。

とはいえこのオーク、なんか腰巻だけやたら立派だったから、ちょっと高級なオークだったのだろうか？　でもまあ『バッシュ』で消滅するくらいだから、一般兵に毛が生えた程度のポジションなのだろう。直前で『隠密』を見破られた時はちょっと焦ったが。いずれにせよ、今となってはどうでもいいことだ。

「君、もう大丈夫だからね」

俺は両手に抱きかかえた中学生くらいの女の子に声をかけながら、路地を走っていく。どうやら恐怖で気絶してしまっているせいか、返事はないけど。ちなみに今、俺の左腕がじっとりと湿っているんだが……今は知らないふりをしておく。まああんな化け物に襲われたら仕方ないのではなかろうか。俺だって何の力も持たないままオークの前に放り出されたら、絶対チビる自信があるからな……ていうか、なんでこの子パジャマなんだ……？

公園に入ったらオークに襲われていたから咄嗟に助けたけど、見た感じ中学生くらいだし近所の子だろうか。なんか妙に見覚えのあるような、ないような顔立ちだ。通勤時に見かけたとか、だろうか？　それにしても、黒髪だし化粧っ気もない真面目そうな子なのに、こんな夜中に出歩いているとか……近くのコンビニに買い出しにでも出かけたところを巻き込まれたのだろうか？　だとすれば、気の毒だったとしか言いようがない。

「…………」

とそこで一瞬、他の可能性が頭をよぎる。そもそもこの結界、一般人が迷い込むようなシロモノなのだろうか？　今まで遭遇した魔物は討伐してきたけども、普通の人間は見かけなかった。お隣さんだって、もぬけの殻《から》だった。となると。いや、そんな……。

……少なくともこの子は、俺の記憶の中の顔とは全然違う。ということは別の魔法少女だろうか？　少なくともあちこちで聞こえる戦闘音とかほぼ街全体を覆っているように見える結界の規模から考えると、魔法少女がたった1人で戦っているとは考えにくい。……うん。多分別人だろ。俺はひとまずそこで思考を打ち切った。この子が誰であれ助けてしまった以上、これより先を考えても仕方がないと思ったからだ。

それはさておき、とりあえずこの子が凍えない場所に退避させないと。俺は女の子を抱えながら、路地を見渡しつつ走っていく。この状況だと、とにかく魔物に見つかりづらい場所に匿《かくま》うべきなんだが……そんな都合のいい場所は見つからない。とはいえ、このままこの子を抱えたまま魔物と戦闘を継続するわけにはいかない。さて、どうしたものか。

『………フスッ！』

と、悩みつつ路地を走っていたら後ろで鼻息が聞こえた。振り返れば、どういうわけかクロが立ち止まっている。

「どうしたクロ」

『………』

クロは俺が止まったのを確認すると、くるりと身をひるがえして別の道を行こうとする。意図を図りかねてしばらく観察していると、クロは少し進んでからこちらを振り返った。

「待て、そっちの方は駅側で……そうか」

俺はクロの意図を理解して頷いた。絶対に安全で、かつ誰にも見つからないと思われる場所が一つだけあった。そこは……。

「ダンジョンだな？」

『………フスッ！』

正解、とばかりクロが鼻を鳴らす。確かにダンジョンの入口付近の通路ならば、ほぼ間違いなく誰にも見つからないうえ奥から魔物がやってくることはない。もちろん、本当に外をうろつく魔物たちに見つからないかと言われると分からないが……。

少なくとも、そこ以外に安全そうな場所は思いつかなかった。

◆◇◆◇◆

『隠密』でコソコソ路地を駆け抜け、首尾よくダンジョンまで到着。周囲にはちらほらと魔物がうろついていたが、このダンジョンの扉の存在にまるで気づいていない様子だった。そいつらをサクッと排除し扉を開く。すぐさまダンジョンの通路に女の子を横たえた。

入口付近に保管していた荷物袋の形を少し整えて、枕にしてやる。女の子はいまだ目を覚ます様子はない。とはいえ、たまにうわ言を喋っている。そのうち目覚めるはずだ。

「さて、もうひと暴れしてきますか……と、そうだ」

ダンジョンから出ようとして、俺は立ち止まった。……この子、俺がいないうちに目を覚ましたらここがどこか混乱するよな。それにここから奥に進まれてスライムに襲われたら元も子もない。どうしようかと少し考えたあげく、俺はメッセージを残すことにした。

「たぶん……ちょっとくらいは大丈夫だよな」

ダンジョンは一定時間で魔物がリポップしたり、構造物が修復されたりすることが分かっている。しかし何度か攻略した時に観察していたのだが、その修復は最短でも半日単位だ。ならば俺が戻ってくる間ならば、メッセージは消えずに残っているはずだ。

「これで、よし……と」

お宝の中から『イーダンの短剣』を取り出して床に『ココカラ先　キケン　立入禁止』、扉に『出口　タダシ　シバラク出ルナ』と刻んでおいた。

カタカナにしたのは……なんとなくノリだ。

『……フスッ』

と、クロが鼻を鳴らした。

そういえば公園で一緒にご飯を食べる予定だったのに、オークのせいでまだだった。

「俺も腹減ったよ……よし、さっさと戻ってご飯にしよう」

『…………！』

そんなわけで、急いで公園まで戻ったのだが……。

敷地に足を踏み入れようとして、俺とクロは慌てて近くの茂みに隠れた。

「なんかいるぞ……」

公園のベンチに若い男が腰掛け、両隣に若い女の子を侍らせていた。男はホストのような金色の長髪と黒いスーツ。顔立ちは……日本人離れしたイケメンだ。ただし、顔の右半分がなかった。まるで大砲でも喰らったかのように、吹き飛んでいたのだ。

一方少女らはどちらも魔法少女だ。それぞれゴスロリ衣装と地雷系の衣装。俺の知っている奴とは系統が違うが、武器を携えているから嫌でも分かる。そして2人は虚ろな目で、半分顔のないホストもどきにしなだれかかっていた。なんだこれ、もしかして分からせ魔法少女ハーレムですかね？　いや、1ミリも羨《うらや》ましくねぇけど……などと思っていた、その時だった。

――キンッ!!　いきなり耳の奥で甲高い音が弾け、刺すような頭痛が襲ってきた。

「ぬわっ!?」

慌てて頭を押さえる。それと同時に目の前にステータスメッセージが浮かび上がる。

その字面を見て、背筋が凍った。

《状態異常：魅了……拒絶《レジスト》》

《従魔の状態異常：魅了……拒絶《レジスト》》

《模倣：『魅了』を習得可能　取得マナ：30000》

《不死族ごときが私に『魅了』を仕掛けるなど……笑止》

……魅了!?　どうやら拒絶《レジスト》できたようだが……一体誰がそんなことを？　まさか。

「……やばっ」

そのまさかだった。ホストもどきがこちらを見ていた。クソ、ちゃんと『隠密』も使用して隠れていたつもりだったのにバレていたらしい……！

『ほぉう？　オレの『魅了』を拒絶するとはな……どうやら雑魚じゃねえらしい』

ゆらり、とホストもどきが立ち上がる。それと同時に、損傷していた頭部が再生していくのが見えた。動画の逆再生みたいな、気色悪い再生の仕方だ。

『なるほど……『轟拳』を殺《や》ったのはお前か。ここまで雑魚ばかりだったが、なかなかどうして面白ぇことになってるじゃねぇの』

奴はニヤニヤと酷薄な笑みを浮かべながら、公園の茂みに隠れた俺とクロを『視ていた』。

……うん、これは完全にバレてますな。

「…………」

ならば、隠れる意味は全くない。俺は立ち上がると、クロと一緒に公園の広場に歩み出た。

『なんだぁ？　ただのオッサンじゃねーか。『轟拳』を倒したうえオレの『魅了』まで拒むくらいだから、どんな猛者《もさ》かと思ったら……ガッカリだぜ』

なんかホストもどきがあれこれ言っているが、俺はそれどころではなかった。いやぁ……ちゃんと『隠密』使っていたんだけどな……完全にバレていたのにコソコソ忍《シノビ》ムーブをかましていたのが恥ずかしい。……それはさておき、どうやらさっきのオークと違ってコイツはそれなりのようだ。そうでなければ、『隠密』は見破れない。

『で、お前誰よ？　この子らの保護者かなんかか？』

ホストもどきが、やたら上から目線でそんなことを尋ねてきた。両隣の魔法少女たちが虚ろな目でクスクスと笑う。どうやら戦闘で敗北した後、『魅了』で操られているらしい。

「………」

多分、ちょっと前までの俺ならば……多分このホストもどきがただの人間だったとしても、ここで日和《ひよ》ってヘラヘラ営業スマイルでも浮かべていたかもしれない。だがどういうわけか、奴の態度にイラッときている俺がいる。正直なところ、魔法少女を侍らせているとかはどうでもいい。それよりも、なによりも。コイツは俺を舐め腐っている。そこにクソみたいにムカついているのが、自分でも分かった。

《不死族ごときが……ずいぶんと大きく出たものです》

《魂の欠片一つたりとも残しません》

……いや、おかしい。自分でも違和感を覚えるほど感情が昂《たかぶ》りすぎている。もしかしてこれ、『魔眼』の感情なのか？

ステータスもやたら荒ぶってるし、なんか左目からパチパチ火の粉が舞ってきている。

「………っ」

クッ、鎮《しず》まれ俺の左目……ッ!!

いや、さすがに齢《よわい》35にもなって口に出せるセリフではないけどさ……！

とはいえ、魔眼の感情（？）は抜きにしても、相手にコケにされて黙っていられるほど今の俺は小心者ではない。俺は一度心を落ち着けるため、大きく深呼吸する。

《…………………》

幸い『魔眼』はそれ以上荒ぶることなく、俺は静かに言葉を発することができた。

「私が誰かを知りたいのなら、まずはそちらから名乗ってはいかがですか？　名前ではなく所属の話です。基本中の基本ですよ？」

……のだが、いやこれ完全に煽りだわ。やっぱムカついてるの俺自身かも。だが、ホストもどきは意外そうな顔をしただけだった。

『……へぇ。『魅了』だけじゃなく『威圧』も効かねえのか。やるじゃんオッサン』

言って、ニヤニヤしながら肩を竦める。正直、『威圧』については全く気づかなかった。レジストした旨の表示もない。ハッタリとは思えないので、普通に効かなかったようだ。

実際、目の前の男を前にしても何も怖さは感じていない。ただ、さっきのオークと比べて格段に強いのだろうな、とは感じる。油断はできない。

『まあ、こういうのは俺の趣味じゃないんだが……付き合ってやるか。『轟拳』を倒したその実力に敬意を表して、ちゃんと名乗ってやるよ』

言って、ホストもどきが一歩前に進み出た。それから大仰な所作で深々と一礼。

『我が名はクリプト。魔王軍、魔王様直属『魔族連合』が一柱、『死の連鎖《デスチェイン》』クリプトだ。……お前は不死族《ノスフェラトゥ》という種族を聞いたことがあるか？　その長《おさ》が俺だ』

「廣井新と申します。萬《よろず》商事株式会社、営業一課所属。……ただのサラリーマンです」

名乗り返す。アイサツは基本だ――社会人の。まあコイツ自分から魔王軍とか名乗ってるし明らかに異世界の魔物だから、別に会社名を名乗っても後日凸ってきたりはしないだろう。

どのみち、この場で倒すつもりだが。というか、さっきから足元でクロが『ぐるる……』と恐ろしく不機嫌な唸り声を上げている。夕飯を邪魔されたからなのは言うまでもない。

俺もさっさとコイツらを片付けて、ここでクロと一緒に冬キャンご飯食べたい。

『なるほど、お前がサラリマンってやつか！　魔王様が言ってたぜ――』

『あいつらバカばっかだってな』

「……ッ!?」

突如耳元で囁《ささや》き声が聞こえ、同時に強烈な殺気を感じた。半ば反射的に身体をよじる。

ビュン、と耳元で風切音が鳴った。

「うおっ……！」

とっさに距離を取って見てみれば、俺が立っていた地面がざっくりと抉《えぐ》れていた。あれを躱していなければ……抉れていたのは俺の身体だった。

『なるほど、これは躱せるのか。合格だ』

クリプトの姿が消えていた。辺りを見回しても奴の姿はどこにも見えない。しかし、公園のどこにも気配だけがある。そして奴の分身なのか、影のような真っ黒な魔物が俺を取り囲むように多数出現していた。なんだこれ？　姿を隠して気配も消す、なら分かる。だが気配だけが公園中にあるってのはどういうことだ。

『わが領域『死の連鎖《デスチエイン》』へようこそ。サラリマン、じっくりと楽しんでいってくれ。ああ、それと……せっかくだ、そこの彼女たちとも踊ってやってくれ』

「クスクス……」「クスクス……」

クリプトがそう言った途端。魔法少女たちがこちらに襲いかかってきた。

クソ、やっぱりこういう物量作戦だよな！

「くそ、やってやらぁ！」

『ガウッ！』

と、身構えたところで黒い大きな影が俺の横をすり抜け躍り出た。クロだ。

『――キシッ!?』「くっ……！」「きゃっ……!?」

元の巨狼の姿に戻ったクロは影の魔物たちを一瞬で蹴散らし、襲いかかってきた魔法少女たちに体当たりを喰らわせてから、ひらりと地面に着地する。

おお……やっぱクロは強いな。頼もしさしかないぞお前……！

『………』

と、クロがこちらをちらりと見やった。まあ、意図はさすがに分かる。つまり『此奴《こやつ》らは我が相手をしてやろう』だ。

「クロ、助かった！」

『……フスッ。……ガウッ！』

クロは一度だけ『まかせろ』とばかりに鼻を鳴らすと、再び湧き出てきた影の魔物や魔法少女たちとの戦闘に入った。よし、これで俺はクリプトの方に集中できるな。

『カカカ……ッ!!　どうする？　100や200の『影』を潰したくらいで、この『死の連鎖《デスチェイン》』からは逃れられんぞ？』

公園中からクリプトの哄笑《こうしょう》が聞こえてくる。たしかに奴の言うとおり、影の魔物は倒してもすぐに周囲から湧き出してくる。幸い一体一体は大した強さはない。せいぜいゴブリン以上、オーク未満といったところだろうか。それに『バッシュ』は存外燃費効率が良く、今のところ魔力切れの心配はなさそうだ。とはいえ無限湧きに近い敵を倒し続けるのは、なかなかにしんどい作業である。

「…………」

俺は跳びかかってきた魔物を無言のまま『バッシュ』で片付ける。もう何体処理したのか分からない。とりあえず１００を超えたところで数えるのをやめた。

『死の連鎖《デスチェイン》』ねぇ……確かに殺しても殺してもキリがないのは確かみたいだ。まあ、一つツッコミどころを挙げるなら……『影の魔物、お前らが死ぬんかい！』というところだろうか。いや、本来はこう……『領域』に囚《とら》われた奴が死ぬほどひどい目に遭うんだ、ということは何となく分かる。しかし現状は真逆で魔物側が死にまくっている状況だ。俺もこのまま『死の連鎖』とやらに囚われることなく、クリプトをガツンとぶっ飛ばしたいところである。

『……ガウッ！』

一方、俺の近くではクロが魔法少女たちと戦いつつ、影の魔物を食い殺していた。

その戦いぶりは全く危なげがないものの、かなり苛立《いらだ》っているのが分かった。

そう、今のクロはかなり空腹だ。残念なことに影の魔物を喰らっても満腹にはならないようで、イライラは全く収まる気配がない。

ちなみに魔法少女たちは『魅了』の支配下に置かれているからか、そもそもの実力なのか、全くクロに相手にされていない。まあ中途半端に強くて重症や致命傷を負うよりも、こうやって適当にあしらわれている方が彼女たちにとっても安全なのかもしれないが。

それにしても……このままでは、俺たちが夕食にありつく前に夜が明けてしまいそうだ。どうにかしなければ。いや、ちょっとワクワクしてたんだぞ？　公園でクロと一緒に夜空を眺めながらの冬キャンご飯。その合間にちょいちょい魔物を倒しつつマナ稼ぎ。

まあ影の魔物をシバきまくっているおかげでマナ稼ぎだけはかなり捗《はかど》っている気はするが……とはいえ、実はクリプトを倒す算段自体はもう付いている。

確かにこの『死の連鎖』とかいう固有結界めいた領域には、奴の姿はなく、しかし気配だけが充満している。だが……俺には『弱点看破』というスキルがあるわけで。

いやね、弱点……丸見えなんだよな。具体的には、公園の街灯の上辺りに赤く光る小さな点。そこだ。問題は、奴にバレずに魔眼光を最大出力までチャージしたうえで確実に当てることができるかどうかなのだ。さて、どうしたものか。

『おらおらサラリマン！　このままだとジリ貧だぜ～？　お前、そこそこ近接系魔法を使えるみたいだが、魔力の方はどうだ？　もうだいぶ少なくなってきてんじゃねえか？』

考えつつ戦っていると、クリプトの笑い声というか煽りが周囲に響き渡った。

やっぱコイツ、調子に乗ってるな。あの魔法少女のマスコットの挙動を見た時よりもイラッとくる。だが、この手の煽りに反応するのは相手を喜ばせるだけなので悪手だ。

荒らしはスルー。インターネットだけでなく人間関係の基本中の基本です。

「…………」

『ハハッ、戦いに精一杯で声すら出せねえってか。その様子だと、だいぶ追い詰められてるみたいだな！　なら、もっと絶望させてやろうじゃねえか！　出て来い、影の騎士《シャドーナイト》！』

『――――!!』

どうやら俺が無言なのは余裕がないものと思い込んでいるらしく、クリプトは絶賛大盛り上がり中である。そして彼の楽しそうな呼び声に合わせて、真っ黒な騎士が登場。

大剣と盾を持った、本格的な重装騎兵のいで立ちだ。まあ、馬には乗ってないけども。

しかし……この『影の騎士《シャドーナイト》』、めちゃくちゃ強そうでカッコイイ！

なんというか、いい年こいたオッサンの少年魂を熱く燃え上がらせるような……中二要素激盛りなデザインなのである。これ、俺も欲しいぞ……！　コイツの後ろで左目を押さえながら『やれ』とかクールに命令できたなら……最の高しかない。と、そこで俺は気づく。

そういえば、この『死の連鎖《デスチェイン》』って模倣できるんだろうか？　戦いに夢中で全く考えてもいなかった。とりあえずステータスを確認してみる……すると。

《…………………》

《そのアイデア……まさに最の、高です》

《あの痴《し》れ者に目にもの、、を見せてやりましょう》
……は？　なんかステータスが再び荒ぶりだしたぞ。しかもちょっと妙な方向に。
だが、もちろん俺がステータスを止めることなどできようはずもなく。
《うふふふふふふ》
《うふふふふふふふふふふふふ》
《上位者権限行使……スキル強制操作：保有マナを一時的にスキルへ充填《じゅうてん》》
《スキル：模倣レベル1↓レベル10へ強制移行》
《模倣：『死の連鎖《デスチェイン》』を習得可能　取得マナ：1》
「ぶっ⁉」
思わず噴き出した。ええと、魔眼の意図としてはこのスキルをさっさと取得してクリプトに意趣返しをしましょうね、ってコト……？　そうとしか思えないような、問答無用の文字列だった。とはいえ、渡りに船だ。拒否する理由は特にない。そして、魔眼の方も一応（怪しいが）俺に取得の判断をゆだねてくれているようだ。オーケー、やったりましょうか。
俺はそう決め、スキル『死の連鎖《デスチェイン》』を取得した。
《『死の連鎖』：不死族の長《ノスフェラトゥ》クリプトが古代魔法を改変し編み出した結界魔法。自身の保有マナを影の魔物に変換し、使役することができる》

《生成可能な魔物……『影の精霊《インプ》』『影の狼』『影の騎士《シャドーナイト》』》

おお、なるほど。まあそんなところだろうな、といった感想だが……これらは『魔眼光』の隙を消すのに使えそうだ。それに消費するのが『保有マナ』なのはありがたい。これまで俺は奴の生み出した魔物を大量に倒し続けている。そいつを全部つぎ込んでやろうじゃないか。

「――『死の連鎖《デスチェイン》』」

スキルを発動した途端、ぶわっと視界が広がるような感覚を覚えた。

まるで公園の隅々まで意識が届くような……不思議な感覚だ。だが不快感はない。

なるほど、これが『領域』とやらを展開した時の感覚か……などとちょっと感動。ただ、クリプトのように自分の姿が見えなくなる様子はなかった。もしかしたら奴は『死の連鎖』の他に『隠密』のようなスキルや魔法を使っているのかもしれない。

それにしてもこのスキル……マナの消費量は相応に高い。展開しただけで影の魔物を倒した分がほとんど消費され、維持しているだけでゴリゴリとマナが減っていくのが分かる。これをそれなりの時間維持しているクリプトは凄まじいマナ保有量を誇っているということになる。さすがは魔王軍幹部（?）、底知れない実力を感じさせる。

だがまあ、別に俺は結界の維持時間でコイツに勝つつもりはないし、影の魔物でクリプトを圧倒する必要もない。たった数秒、奴の意識を俺から引きはがせばいい。なので……とりあえず俺の方は『影の騎士《シャドーナイト》』1体と『影の精霊《インプ》』を数十体出現させるだけでいいだろう。

「出てこい、魔物たち……！」

『『『――――』』』

俺の呼びかけに応じ、影の魔物たちが姿を現した。

おお……？　なんかクリプトの出してきた奴らと違って、なぜか全部左目が燃えるように朱いぞ。なんだこれかっけぇ……中二力《ぢから》が限界突破してるぞ。もしかして、『魔眼』のサポートを受けているからだろうか？　いずれにせよ、これは嬉しい誤算（？）だ。

あまりのカッコよさに胸に込み上げるものがあるが、今は感動に打ち震えている暇はない。

「――行け」

意味もなく左目に手を当て、指示。ひとまず影の騎士《シャドーナイト》同士、影の精霊《インプ》同士で戦わせておく。

『――――ッ！』『――――ッ‼』

ノイズのような雄たけびを上げ、激しくぶつかり合う2体の騎士。

どうやら実力は互角のようだ。まあ、同じ魔法から生まれた存在ならば当然か。どのみちこっちは相手の騎士を足止めできていれば問題ない。影の精霊《インプ》はマナ節約のため相手に対して数が少なめだが、コイツらはあくまで『魔眼光《デスチェイン》』の隙を消すための囮《デコイ》だ。それにむしろ劣勢の方がクリプトの油断を誘えるはずだ。俺はこの力を過信するつもりはない。

『…………は？　おいおいおいおい待て待て待て待て!!　なんでお前が俺の『死の連鎖《デスチェイン》』を使ってんだァァーーーーー!!』

当然クリプトが狼狽《ろうばい》しながら抗議してくるが、知ったことではない。

「さぁ、なぜでしょうね？　でもこの魔法……なかなか使い勝手がいいですね。ほら、『影の精霊《インプ》』のおかわりです」

『ふざけんな消せ消せ消せ消せ消せ消せ――――ッッ!!!!』

姿の見えないクリプトの絶叫をＢＧＭに、煽りついでに魔物を10体ほど追加。

それにしても……これだけ強力な魔法を使っているのにこれまで姿を見せずに高みの見物とか、コイツどんだけチキンなんだよ……いやまあ戦術的に正しいのは分かるが。あ、それはさておき俺の知覚が公園全体に及んだ結果、アンタの居場所は『弱点看破』を使わなくても丸見えになってますよ。言わないが。

『わ……分かったぞサラリマン！　これは偽物だッ！　お前ッ、幻術使いだなっ!?　小癪《こしゃく》な真似をしてくれるじゃねえか！』

「さて、どうでしょうか。……あ、そちらの騎士さん押されてますよ」

『『影の騎士《シャドーナイト》』オォッ！　アイツの偽物にやられたら絶対に許さんぞーーッッ!!』

『――――』

クリプトが戦闘中の『影の騎士』を金切り声で怒鳴りつける。たぶん意思などはないはずなのだが、『影の騎士《シャドーナイト》』は一瞬ビクンと震えたあと、さっきより攻撃が激しくなった。

とはいえこちら側の騎士さんも負けじと応戦。実力は伯仲、一向に決着がつく気配はない。

まあ同じスキルなので当然なのだろうが。いいぞいいぞ頑張れ我が『影の騎士《シャドーナイト》』。

『チッ……使えない奴だ！　だがサラリマン、どうやら魔物の数自体は大して増やせないようだなァ？　ならば、ここで俺とお前の格の違いを見せてやるッ!!　来い、魔物どもッ！』

『『————ッ!!』』

クリプトが歯ぎしりののち、絶叫。影の精霊がさらに１００体ほど出現した。だが、さすがにこれに付き合うほど俺はアホじゃない。そうだな……むしろこの物量を、こちらの攻撃準備を隠蔽するため利用させてもらうとするか。

『『『ギギィッ!!』』』

「うわあ、これは勝てないぞお（棒）」

まるで津波のように押し寄せてくる『影の精霊《インプ》』に埋もれつつ、俺はこれ幸いと『魔眼光』のチャージを始めた。このスキルは強力だが、発動までに若干のタイムラグが生じる。おまけにかなりの集中力を要するので、少々動きが鈍くなる。相手は腐ってもそれなりの実力者だ。

このちょっとした違和感を察知されると全てが台無しになる可能性があった。そういう意味では、クリプトの魔物大量投入は実にいい仕事だったと言えよう。

キイイィイン――――!! 魔力が収束する甲高い音が耳の中で響き、同時に左目の灼熱感がどんどん強くなっていく。

もう少し、もう少し……俺は影の魔物たちを捌きつつ、その時を待つ。そして。

イイイイィィィ――――!! 最大までチャージが完了。いつでも撃てる状況を維持しつつ、クリプトの位置を再確認。奴はこちらが見えているのに気づいておらず、いまだ街灯の上に留まっている。影の魔物たちが邪魔ではあるが、奴らの紙のような耐久力とドラゴンの頭をブチ抜く『魔眼光』の威力を比較すれば、なんら障害にはならない。クロは相変わらず他の魔物や魔法少女と戦闘を繰り広げているが、射線からは外れており巻き添えにする危険はない。

……よし、いける。そう判断した直後、俺は最大出力の『魔眼光』をぶっ放した。

――――バキンッ!!

金属が拉《ひしゃ》げるような異音。一筋の光条が、クリプトの弱点を正確に貫いた。

『…………………………は？』

クリプトの呆《ほう》けたような声が公園に響く。ややあって、街灯の下で何かがドサリと落ちる音がした。それと同時に、全ての影の魔物たちが消滅した。

「……っ」「…………」

どうやらクリプトの『魅了』の効力も消滅したらしく、魔法少女たちは糸が切れたようにその場に崩れ落ちた。公園に静寂が戻る。……ふう。どうにか作戦は成功したようだ。

街灯の下には、胴体の大半を消失したクリプトが倒れていた。一瞬、まだ倒しきれていなかったのかと警戒したが、すでに奴の傷口から淡い光の粒子が漂っていた。消滅するのは時間の問題だろう。

『……ありえん。オレは不死族《ノスフェラトゥ》の長だぞ……なぜ身体が再生しない。ありえんだろ、こんなことは…………』

虚ろな目で、クリプトがうわごとを呟いている。と、様子を見に近づいた俺に、奴の視線が向いた。微かに口が開く。

『…………何者だ、お前は』

「私、ですか」

一瞬、クリプトの問いかけに言葉が詰まってしまう。言われて気づいた。今の俺は一体何者なのだろうか。改めて考えてみると、結構難しい問題だ。もう、自分が普通の人間ではなくなったことは自覚している。振るえる力の大きさもそうだし、なにより人の姿をした存在を滅ぼすことに躊躇《ため》らいの感情がない。

ただ、一つだけ。俺が俺であるための言葉はすぐに見つかった。

「私は……ただのサラリーマンですよ」

出た言葉は、結局それだった。そして、クリプトもそれで納得したようだ。

『そう、か。サラリマンを舐めた俺の負け……だ。魔王、様……申し訳あり……ませ……』

最後まで言い終える前に、クリプトは光の粒子と化し冬の夜空に溶け消えていった。

「……ふう」

大きなため息を一つ。

これでようやく、クロと一緒の冬キャンご飯を始めることができそうだ。

◆◇◆◇◆

「荷物は……無事か」

クリプトとの戦いはかなり激しかった。

戦闘があった付近の地面は無残に抉れているし、魔物たちが踏みしだいたせいで植え込みの大半がなぎ倒されている。そんな有様なので、念のため別の場所に置いてあった荷物が戦闘の余波で壊れたりしていないか心配だったが……大丈夫だったようだ。少しホッとする。

魔法少女たちはまだ目を覚まさない。とはいえ目を覚ましたあと俺を見て騒がれると面倒だしこれ以上関わりたくないので、とりあえず邪魔にならない場所まで移動させておくだけにとどめた。その理由は、彼女たちの衣装だ。魔法少女の格好は上がブラウス1枚だったり肩出しの服だったりと冬にしてはかなり薄着だ。だというのに、さっきまで寒がる様子もなく普通に動いていた。一応死んでいると寝覚めが悪いので念のため2人の手首の脈を診たが、なんら問題なし。顔の血色もよく、凍えている様子はない。

どうやら彼女たちは、この衣装とか魔法とかで低気温から保護されているようだ。とはいえこのまま放置するのも不安なので、公園外のゴミ収集ステーションに捨ててあった段ボールを拝借して2人の下に敷いたうえで、残りは布団のようにかけておいた。……ちょっとホームレスめいた見た目になってしまったが、そこはまあ勘弁してほしい。

「これでよし」

もろもろの後始末が終わったら、とりあえず近くの自販機であったかいお茶を確保してからクロと一緒に近くのバーベキュー広場へ移動した。この公園はそれなりに敷地面積が広く、こっちの広場までは戦闘の余波が及んでいないようだ。よしよし。

ちなみに自販機は結界の中でも普通に稼働しているようだったが……これ、結界が消失したら買ったお茶はどうなるのだろうか？　元通りになるのだろうか？　まあ考えたところで答えが出るわけもなく。そんなことより、俺もクロも腹がペコペコだった。

てきぱきとリュックからカセットコンロを取り出し、広場の石製テーブル上に設置。その上に小鍋を置く。以上、準備完了！　今日のメニューは、レトルトカレーと炊いたあと小分けにして冷凍しておいたご飯、そして冷蔵庫の奥に眠っていたみかんである。

クロには茹《ゆ》でた鶏ささみや手羽元をほぐしたものを中心に、ごく軽く下味をつけた温野菜などを少々。こちらも小分けにして冷凍庫で保管していたやつを持ってきている。これらを、今から小鍋で湯煎《ゆせん》していく。俺はともかくクロのいつものご飯としては正直ボリューム不足だが、緊急時なので仕方あるまい。

「……なんだかこういうのってワクワクするよな」

夜空の下で独り言《ご》ちつつ、コンロを点火。小鍋には近くの蛇口から水を汲《く》んできてある。

「はあ……あったけえ……」

コンロのほのかな熱気に手をかざすと、心と身体がホッと弛緩《しかん》するのを感じた。ちなみにクロは俺から少し離れた場所に座り込み、じっと調理が終わるのを待っている。とてもいい子にしていてありがたいのだが、俺があちこち移動するたびに視線がついてくるのがプレッシャーである。

お湯が沸いたら、まずはクロのご飯から用意する。凍ったタッパーはすのこを敷いた鍋に入れて湯煎。もちろんクロが舌を火傷しないよう人肌までの加熱なので加減が難しい……が、どうにかクリア。

「クロ、お待たせ」

『…………フスッ』

お、これは『ようやくか』という鼻息だな？　とはいえ、器に移した食事をガツガツと貪りはじめたので機嫌はすぐに直るだろう。さて、今度は俺のメシの番だな。ご飯入りのタッパーとレトルトは一緒に鍋にぶちこむのが男飯スタイル。一応ご飯の方は少しだけ早めに投入しておけば、同時に加熱が終わるという寸法だ。

「よし、できた！」

ご飯のタッパーにアツアツのカレーを直接投入すれば冬キャンご飯の完成である。なおこれが冬キャンご飯なのかどうかは置いておく。限界男飯寒空仕様などではない。いいね？

というわけで、いただきます。

「……あつっ！　はふっ、はふ……うまっ……！」

クロと一緒に冬の夜空を眺めながらのカレー。美味《うま》くないわけがない。

「ふえぇ……」

……夢中でカレーをかきこんでいると、近くの暗がりから子供の泣き声が聞こえた。

『………』

いち早く食事を終え俺の足元でくつろいでいたクロが、スッと立ち上がる。尻尾をピンと立てている。何かを警戒しているようだ。まさか倒れていた魔法少女が目覚めたのか？　それとも、魔物の襲撃か？　……などと思ったが、違った。

俺たちの前に姿を現したのは、10歳くらいの女の子だった。身長の半分ほどはありそうな大きなクマさんのぬいぐるみを抱え、涙目でこちらへ歩いてくる。

「ここ……どこ……？　パパ……ママ……ふえぇぇ」

もしかして、結界の中に迷い込んだ子供だろうか……と思ったのだが。足取りがどう見ても年相応の女の子のそれではなかった。ついでに言えば、裸足《はだし》だというのにずいぶんと足元が綺麗だった。ここ、公園の中でも結構奥まった場所なのに。はあ……。

「……君、魔法少女だよね」

「………」

言った瞬間、女の子が泣き止んだ。真顔でこっちを見るのはやめてほしい。

「なんじゃ、もう見破ったのか。つまらんのう」

「だから言ったロ。ソティは演技が下手だから無理だっテ」

うん、まあ見た瞬間から分かってたよ。目線が合った瞬間、マスコットがちょっと動いてたし。それに……魔眼が言っている。

《この者ではありません》

……と。

「で、魔法少女が何か用かな？」

「そんなの、決まっておろう」

彼女はニパッと良い笑顔を浮かべて言った。

「何やら大きな物音がすると思って来てみれば、若ぞ……オッサンと魔物が冬キャンなんぞしよるのでな。ご相伴《しょうばん》に与《あずか》ろうと思ったのじゃ」

「……魔法少女にやる飯はないよ」

「なんじゃぁ？　つれないのう。迷子の魔法幼女じゃぞ？　庇護《ひご》欲の塊じゃぞ？　ほれほれ」

「…………」

一瞬でもコイツを迷子だと思ってしまった過去の俺を殴りたい。

まず、そもそも風貌が日本人じゃない。綺麗な銀髪で、瞳の色は透き通った翠《みどり》。肌は日焼けなんて無縁の雪肌。きっとあと10年もすれば、大層な美人さんになることだろう。というか一瞬、ロルナさんのような異世界の住人かと思ったほどだ。

おまけにこの広場は舗装されていない土の地面のうえ周辺の民家からも最低100メートルは離れているというのに、足には土埃すらついていない。これでどう俺を欺《あざむ》けるのかという話である。そしてバレたと思ったらこの態度。外見はともかく、中身はどう考えても幼女じゃないだろコイツ。あえて言おう。ロリババアだ。実年齢は知らんが……少なくとも妙齢どころではなさそうである。１００歳とか余裕で超えてそう。

とはいえ……うかつに歳とか聞いたら、きっと第2回戦が開始されるんだろうな……。

「で、魔法少女のソティ様が何の用でしょうか？　まさか本当に夕飯を横取りしにきただけ、ではないですよね？」

俺はあえて慇懃《いんぎん》に語りかけた。無駄に怒らせる必要はないが、慣れ合う必要もない。そういう相手には敬語で距離を置くのが一番だ。が、俺のそんな態度を見てソティは残念そうにため息を吐いただけだった。

「はあー……なんてつれない態度じゃゃ。やはりひもじさとはこうも人の心を荒《すさ》ませるものなのじゃなぁ。先の戦が終わったあとは、お主のような目をした小僧がたくさんおったものじゃ。……まあよい。今日はただの顔見せじゃゃ。別にお主やそこの魔物を取って食うつもりはない。お主のカレーもな」

「左様《さよう》ですか」

ならば、さっさとお引き取り願いたいところだ。

「…………」

が、ソティは一向に帰る気配はない。それどころか、食事を再開した俺やクロの様子をジロジロと観察している。ついでに言えば、マスコットも俺らを無言でジロジロ見ている。

居心地悪いったらありゃしない。さすがにその視線に耐えかねて『はよ帰れ』と文句を言おうとした、その時だった。

「時にお主……アレは使わんのか？」

「アレ、とは？」

機先を制され、思わずつっけんどんな態度を返してしまう。一瞬子供相手にマジになってしまったという気まずさが胸に込み上げるが、相手が相手だと思い直す。それにしても、『アレ』？何のことだ？

「ほれ、アレじゃ。お主がミラクルマキナとルーチェに使った、あの技じゃ」

「……それが何か？」

自分の口調が硬くなるのを止められなかった。なぜコイツは『鑑定』のことを知っている？もしかして、あの時マスコットが話していた相手は目の前のコイツだったのか？

だとすれば。

「いや待て！　ワシも風の噂で聞いただけじゃ！　魔法少女に触れずともセクハラできるという、うらや……卑劣なエロ魔法を使う妖魔がおると聞いてな」

「私は妖魔ではありませんよ」

「分かっておる！　まったく、そんな剣呑《けんのん》な顔をするでない。……そもそもそんなことは、とっくの昔に調査済みじゃ。もう一度言うが、ワシはお主の顔が見たくて来ただけじゃ。どうこうする意図はない」

「でしたら、おやめになった方がいいと思いますよ。あと俺のこれは、別にセクハラのための力ではありませんので」

　というか、その見た目で『鑑定』を掛けた時の反応とか見たくないんだが？　マジで勘弁してくれ。それと、だ。たとえ『鑑定』を掛けたとしても、どう考えても彼女からロクな情報を取得できる気がしない。むしろ完璧にブロックされたうえにこちらの情報を抜き取られそうな気がする。目の前のコイツからは、そういう底知れない不気味さを感じる。

　そんな俺の様子を見て、可笑しそうに腹をかかえるソティ。

「ククク！　存外生真面目な男じゃのう。だんだんお主のことが好きになってきたぞ」

「俺はアンタのことをどんどん嫌いになってきていますが」

「ふむ。『好きの反対は無関心』というからの。第一印象はそう悪いものではない、と」

「…………」

　ダメだ。コイツと話していると無性に『魔眼光』をぶっ放したくなってくる。そろそろ相手にせず食事だけに集中すべきか。と、思って手元のカレーに目をやった、その直後だった。

　パッ、と周囲が一瞬明るくなり、それからすぐに暗くなる。見れば、そこには可憐な魔法少女衣装を身にまとったソティが浮かんでいた。クマのマスコットと共に。

「申し遅れた。我が名はソティ。……ヒロイ・アラタ殿」

　彼女は自分の名を名乗り、それから厳《おごそ》かな声で俺の名を口にした。

「この度の魔族討伐、実に見事であった」

　彼女が続ける。さっきの飄々《ひょうひょう》とした態度から一変。まるで王のような堂々たる態度だった。

「今回は我々には少しばかり荷が重くてな。お主の働きのおかげでこの世界の均衡はかろうじて保たれた、というわけじゃ。深く感謝する」

　深々とお辞儀。それから彼女は苦笑して言った。

「ああ、それと……ウチの新人３人が迷惑をかけたようじゃな。特にマキナについては……ワシの監督不行き届きじゃ。この埋め合わせは必ずさせてもらおう」

「結構です。もう関わりたくないので」

「まあそう言うでない。……それに、お主もいずれ我々の存在に感謝する時がくるはずじゃ。その時は遠慮なく頼るといい」

　俺には『埋め合わせ』という単語が『落とし前』にしか聞こえなかった。

……コイツには絶対借りを作らないようにしよう。

「その時とやらが永遠に来ないことを願っていますよ」

「……まあ、それはそうじゃな」

魔法幼女は一瞬寂しそうに微笑んで、それからくるりと踵を返した。

「さて、話も済んだところで、ワシもお暇《いとま》するとしようかの。いずれまた会おう、英雄」

彼女はこちらに背を向けながらそう言うと……淡い光の粒子を残しながら姿を消した。

「……ふう」

どっと力が抜ける。なんだアイツは。『鑑定』は使わなかったが、見た目とは裏腹にとんでもない力を秘めているのだけは分かった。今の俺と彼女のどちらが強いか……正直、微妙なところだと思う。うん、今後連中と関わるのは絶対にやめておこう。

俺は残りのカレーを一気に口へ放り込むと、そそくさと周囲を片付け始めた。

……その後。自宅に戻るついでにダンジョンに寝かせていた女の子の様子を確認しに戻ったのだがすでに彼女の姿はなく、ソティたちからのコンタクトもなかった。

そして仕事もどうにか週の前半を乗り切り――ついに有給の日がやってきた。

◆◇◆◇◆

木曜日の夕方。しっかりと長期滞在の準備をしつつダンジョンの前にやってくると、扉の横に白いものがチラリと見えた。ビル壁面の少しくぼんだ箇所にあるおかげで通行人やビルの利用者には見つけづらいが、俺が扉を開こうとするとちょうど目に入る……そんな場所だ。

「なんだこれ」

それは小さく折りたたまれた紙片だった。大きさは、ほんの1センチ四方。ご丁寧に、テープで壁に留めてある。以前からあったものではない。おそらく昨日か今日、貼り付けられたもののようだ。妙に気になったのでそいつを剥がし、開いてみた。

『あ り が と う』

そこに書かれていたメッセージはそれだけだった。鉛筆書きで、宛名も差出人の名もない。乱暴な字だし、何度か消しゴムで消して書き直した跡もある。そういえばこういうのって、俺が中学生くらいのころにも女子の間で流行《はや》っていたっけ。今でもこんなこと、やるんだな。

「………」

内容を確認した後、俺は紙片をくしゃりと握りつぶして……少し迷ったが、結局懐にしまいこんだ。もしかしたらただのイタズラかもしれない。そもそも本心なのかも疑わしい。だから、別に何か感情を抱いたわけでもない。

ただ、ビルの前にゴミを放り投げるのは抵抗感があった。それだけだ。

「……なんだよ」

ふと視線を感じたので足元を見れば、クロがじっとこちらを見上げていた。なぜだろうか、今日ばかりは何を伝えようとしているのかいまいち読めない。だがまあ、なんとなく呆れた様子なのは伝わってきた。

「……行こうぜ、クロ」

『………フスッ』

クロはいつものように鼻を鳴らすと、俺のあとをちょこちょことついてきた。

ダンジョンに入ると、通路のすぐ脇に置いてある荷物袋を回収。念のため中を確認して短剣やらコインなどの戦利品が減っていないか調べたが、手つかずのままだった。硬貨の類は多少ネコババされるかもしれないと思ったが……ミラクルマキナは存外律儀な奴だったらしい。

……そう。俺はあの時公園で助けた女の子の正体に、薄々気づいていた。

もっとも結界の中には俺と魔法少女、そして魔物以外の存在を見かけなかったのだから、当然に行きつく推察だ。少なくとも魔法少女である可能性は疑っていた。

まあ、あの子がミラクルマキナ本人であることが確定したのは、先日夕食時に乱入してきたソティとかいう魔法少女のセリフからだったが。

いずれにせよ今後は絡んでくることもないだろうし、さっさと忘れてしまうに限る。

「ま、それはそれとして」

今日から数日は、しばしの異世界ライフを楽しむことに集中するだけだ。

俺はダンジョンの通路を進んでゆく。

番外編1　とある巫女の追憶

彼を死なせたのは私だ。

どうしようもなかった。彼が私を発見した時、私はすでに死にかけていたからだ。

この世界のマナは、かの世界よりもはるかに薄い。これまでどうにか騙し騙しやってきたが、それでも力を維持し続けるのは不可能だった。この世界に渡ってきた当時——562年前と比べ、私の力は100分の1以下に衰えていた。だから『敵』が彼に襲いかかった時、私は見ていることしかできなかった。

そもそも彼はどこにでもいる、ごく普通の脆弱《ぜいじゃく》な人族だった。ただの人族が、私を護ろうとするなんて……彼が私と『敵』の間に割って入るまで、想像すらしていなかった。なにしろ私の体はマナの大半を失い、原型をとどめていなかったのだ。ドロドロに崩れ、醜く爛《ただ》れていた。

けれども彼は、そんな私の姿を見て心配そうにしていた。ありえない、と思った。

もっとも、ただの人族が『敵』に抗うことなどできるはずもない。彼は頭部の左半分を吹き飛ばされ、あっさりと死んでしまった。けれどもその一瞬の隙が『敵』の命取りとなった。

……『敵』を滅ぼせたにもかかわらず、私の胸中は複雑だった。

私にとって、『人族』も『敵』と同じく等しく忌むべき存在だ。私の傍らに横たわったまま二度と動くことのない彼も同じ……はずだった。

だというのに。私の胸に広がる、このじんわりとした温もりは……一体何なのか。

かの世界では、私は人の形をした災厄《さいやく》だった。恐怖と憎悪の象徴だった。そうでない時代も僅かながら存在したが、それでも強い畏怖《いふ》の対象だった。私が生まれながら宿していた『深淵』の力は、それほどまでに強大だった。

それはこの世界でも変わらなかった。ゆえに私は人族に紛れ、なるべく目立たないようひっそりと暮らしてきたのだが……それでも私は、忌むべき、畏怖するべき存在と認識されていた。少なくとも、過去の書物や記録にはそう記されている。

だから、彼がなぜ私を護ろうとしたのか全く分からなかった。ただ……その時彼は、明らかに泥酔していた。理由をあえて探すのなら、それゆえだろうか。

一説によれば、酒精《しゅせい》はその者の本質を暴くという。ならば私を護ろうとしたその姿こそが、彼の本質だったのではないだろうか。少なくとも私は、その時そう考えた。

だから私は、彼を救うことにした。最期の力を振り絞り、『深淵』の力を意図的に暴走させ、肉体を『澱』に変えた。そして彼の欠損した頭部を埋めていった。私の目論見は成功し、彼は息を吹き返した。

これで彼は種としての『人族』ではなくなるが……一度は完全に死んだ肉体を蘇生したのだ、これればかりは大目に見てもらうしかない。また、私との融合により精神の変質や記憶の欠落は避けられないだろう。……これも、大目に見てもらう他ない。

かくして私と彼は混じり合い、私の意識は消えるはずだった。

しかし……そうはならなかった。どういうわけか、私の意識と力の一端が彼の左目に残ってしまったのだ。澱の大半を使い、欠損した脳組織をなるべく精確に再現したからかもしれない。しかしこれは僥倖だった。私は彼の行く末を見届ける機会を得たのだ。そして私を狙った『敵』どもに復讐する機会も……また。

早速私は、彼が力を十全に活用できるように、管制システムを構築することにした。この世界の人族にとって最も馴染みがあるであろう『ゲームのインターフェース』を参考にして。

この目論見は存外に上手くいった。彼はごく自然に『力』を受け入れ、成長し、そしてかの世界から渡ってきたと思しき『魔族』すら易々《やすやす》と滅ぼすほどの実力を有するに至った。いずれ、『敵』はおろか過去の私すら凌駕《りょうが》する、圧倒的な力を身につけることになるだろう。

彼が『力』を得て、どのような未来を描くのかは分からない。

それでも私は、彼の本質が不変であると信じている。

番外編２　主従の絆

クロは魔狼である。その本質は魔物であり、人間ではない。ゆえにクロは人と慣れ合うことはなく、魔物としての気高さを貫いてきた。人の姿をとるのは、彼らに対する恭順《きょうじゅん》ではない。彼らの畏怖の念を集め、神性を強化するための手段にすぎないのだ。かつて人間たちから『神獣』と崇《あが》められていた時代から、それは変わらない……はずだった。

『むふー……』

クロは主の家の洗面所で、鏡を前に得意げに鼻を鳴らした。

鏡には、涼しげな目元の美女が映し出されている。その首には、赤いチョーカーが鮮やかにその存在を主張していた。

クロはもっとチョーカーがよく見えるように、身体の向きを入れ替えてみた。

『むふー……！』

やはり、似合っている。黒い髪と白い肌、真っ赤なチョーカー。ベストマッチだ。

主の目利きは完璧だった。クロは無言のまま深く頷いた。もう一度、反対の角度に向きを変えてみる。今度は腕を上げ頭に回し、奇抜なポーズなどをとってみる。光沢のある赤色が、艶《つや》やかに彼女の首元を彩った。もう一度、クロは『むふー』と鼻を鳴らした。

賢明な読者の皆様はもうお気づきであろう。

彼女の身に着けている『チョーカー』は人間用のものではない。愛犬用の首輪である。とはいえ、艶と光沢のある本革仕様の本格派（？）である。美女姿のクロが身に着けていると、どこかの高級ブランド品にしか見えなかった。もっともクロからすれば、主以外の人間の価値観などどうでもよかったが。

ただ……一つだけ、不満なことがあった。

『…………』

クロは無言のまま、美女から仔狼に姿を変えた。

その細い首元には先ほどのチョーカー……もとい首輪がぶら下がっている。当然だが、人間の首にフィットするように調整した首輪は仔狼の姿に戻ればぶかぶかだ。とはいえ、仔狼の首にフィットした状態で人間に変化するわけにはいかない。もちろんクロは人になったとしても魔物なので、首が絞まることはないが……首輪の方が千切れ飛んでしまう。当然、巨狼の姿になれば、首輪は千切れるどころか木っ端みじんになってしまうだろう。

……主からもらった大切な首輪だ。壊すわけにはいかない。どうにかする必要があった。

『…………』

クロは仔狼姿でしばらく悩んだあと、首輪にちょっとした細工を施すことにした。彼女は再び美女姿に変化すると、いそいそと洗面所から出てキッチンに向かい、流しの下にある棚から果物用のナイフを取り出した。それから部屋のテーブルの前に座ると、首輪の裏側に小さな楔《くさび》型の文字を刻みつけ始めた。

知識ある者が見れば、それが太古の昔に滅び去った文明の魔導言語であることが分かったはずだ。しかし……今、その言語を知る者はクロのみである。

『………』

術式付与が終わると、クロは再び首輪を身に着けた。直後、彼女は淡い光に包まれた。光が消えると、そこには仔狼の姿になったクロが佇んでいた。首輪は……しっかりと仔狼の首にフィットしている。さらに光がクロを包み込む。今度は巨大な狼が現れ、部屋の床がミシミシと軋んだ。彼女の首には、真っ赤な首輪が見えた。もちろん千切れ飛んでなどいない。巨大化した首輪が、しっかりと巨狼の太い首にフィットしていた。

『………!』

それを確認したあとすぐ、クロは人の姿に戻った。その顔には、満面の笑みが湛《たた》えられていた。彼女は慣れた手つきで首輪を外すと、玄関の棚にそっと戻した。

次の瞬間、クロは淡い光に包まれ仔狼の姿に戻った。そろそろ限界だった。

——この世界はマナが薄く、人の状態を長い間保つことができない。それでも最近はかなり慣れてきて、15分程度はどうにか人化状態を保つことができるようになっている。

はじめはたった3分ほどだったので、かなりの進歩だ。もちろん主が魔物を倒し大量のマナを蓄えているので、その影響が自分にも及んでいるのだろうが……。

それと、以前外に出かけようとした時に隣人に捕まり、長時間（といっても10分ほどだったが）人化を強いられたことも影響しているのかもしれない。

いずれにせよ、主の贈り物を愛でるにはあまりに短すぎる。さらなる鍛錬が必要だった。

『…………』

クロはしばらくの間、名残惜しそうに玄関の棚を見上げていたが、やがてベッドに戻り、布団の上で丸くなった。変化の疲労感からか、クロはすぐにウトウトし始めた。

外から差し込む陽光は、すでに深い黄金色に変わっている。退屈しないように、と主が朝から点《つ》けっぱなしにしてくれている『てれび』には、『夕刻のにゅうす』が流れていた。

主が戻るまでまだ数時間ほどある。しかし、静かに寝息を立てるクロの表情はとても満足そうだった。

あとがき

どうも、だいたいねむいと申します。

書籍版からお読み頂いた皆様、初めまして。ＷＥＢからの読者様、ご無沙汰しております。

どちらの皆様も、この本を手に取って頂きありがとうございます！　まずは厚くお礼申し上げます。本作『社畜おっさん（35）だけど、『魔眼』が覚醒してしまった件～』はお楽しみ頂けましたでしょうか？　お楽しみ頂けたのなら幸いです。

さて、この物語には様々な生態の社畜が登場します。


ブラック企業に勤めつつこっそり副業で稼ごうと目論む社畜おっさん。

辺境の砦で事務仕事に追われたり突然の来訪者への対応に苦慮する都会育ちの新人社畜。

上司（？）の魔法少女にパワハラされつつ身体を張って頑張る健気な非正規社畜。

出張先ではっちゃけていたら地元民に絡まれボコボコにされる魔物系社畜……などなど。

賢明な読者の皆様はすでにお気づきかと思われますが……何を隠そう、この物語は社畜の生態図鑑だったのです！　ちなみに先ほど挙げた連中以外にも社畜はたくさんいますので、お手すきの際に探してみると良いかもしれません。なお軍人も魔物も社畜とします。会社員だけが社畜と思ったら大間違いですよ……！　そして言うまでもないことですが、これらの分類はすべて私の独断と偏見によるものです。ツッコミはなしでお願いいたします……。

……などというトンチキな前フリ（？）からで大変恐縮ですが、最後に謝辞を。

編集のＹ様、Ｋ様。お声がけから刊行まで、あらゆる面で大変お世話になりました。ネット小説大賞運営様。お取次ぎや諸々のご相談など親身にご対応頂き、とても助かりました。イラストレーターの片瀬ぼの先生。本当に本当に素晴らしいイラストを描いて頂き、感謝しかありません。またこの場でお世話になったすべての方を挙げさせて頂くことができず大変心苦しいのですが、本作に関わって頂いた皆様、本当にありがとうございます。

そして何より、ＷＥＢから応援してくださった読者の皆様。貴方たちの応援なくして本作の書籍化はなしえませんでした。最大限の感謝を捧げるとともに、今後も面白い物語を紡いでゆくことをもって恩返しできればと思っております。

ということで、また機会があればお会いしましょう。それでは！

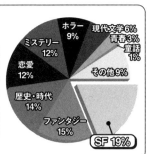

ツギクルブックス

愛読者アンケートに回答してカバーイラストをダウンロード！


愛読者アンケートや本書に関するご意見、だいたいねむい先生、片瀬ぼの先生へのファンレターは、下記のURLまたは右のQRコードよりアクセスしてください。

アンケートにご回答いただくとカバーイラストの画像データがダウンロードできますので、壁紙などでご使用ください。

https://books.tugikuru.jp/q/202503/shachikumagan.html

本書は、「小説家になろう」（https://syosetu.com/）に掲載された作品を加筆・改稿のうえ書籍化したものです。

社畜《しゃちく》おっさん(35)だけど、『魔眼《まがん》』が覚醒《かくせい》してしまった件《けん》
～俺《おれ》だけにしか視《み》えないダンジョンで魔物《まもの》を倒《たお》しまくってレベルUPし放題《ほうだい》！気《き》づけば現実《げんじつ》でも異世界《いせかい》でも最強《さいきょう》になってました～

2025年3月25日　初版第1刷発行

著者　だいたいねむい

発行人　宇草 亮
発行所　ツギクル株式会社
〒105-0001　東京都港区虎ノ門2-2-1
発売元　SBクリエイティブ株式会社
〒105-0001　東京都港区虎ノ門2-2-1

イラスト　片瀬ぼの
装丁　株式会社エストール

印刷・製本　中央精版印刷株式会社

定価はカバーに表示してあります。

乱丁本、落丁本はお取り替えいたします。

ISBN978-4-8156-3326-4
Printed in Japan